Fred Pfanne, genannt Blacky, ehemaliges As der Hehlerbranche mit einer Vorliebe für schwarze Kleidung. Leidenschaftlicher Koch.

Bodo Brocken, genannt Bodo der Bomber, besitzt Bärenkräfte und kann keiner Fliege etwas zuleide tun.

Kommissar Nagel, genannt Kommissar Klicker, weil sein Glatzkopf wie eine Kugel leuchtet. Er hat einen untrüglichen Instinkt für dunkle Geschäfte.

Dieses SchneiderBuch gehört
Geschenkt von

RAINER M. SCHRÖDER

Kommissar Klicker

Ping-Pong in der Falle

ILLUSTRIERT VON ERICH HÖLLE

Schneider-Buch

Inhalt

Flaschen-Freddy hört mit

Sternenklar spannte sich der Nachthimmel über Steinenbrück. Es war still geworden in der Stadt, sogar in den zwielichtigen Kneipen und Bars. Bis zum Morgengrauen waren es nur noch ein paar Stunden.

Flaschen-Freddy liebte diese nächtliche Zeit, in der außer ein paar „Kollegen" aus der Unterwelt und einigen längst schläfrigen Streifenpolizisten kaum jemand sonst unterwegs war. Und wer mit seinem Revier einigermaßen vertraut war, wußte, wie er unerfreuliche Begegnungen mit den Bullen vermeiden konnte.

Flaschen-Freddy war eine Berühmtheit unter den Stadtstreichern und kannte Steinenbrück so gut wie wohl kein anderer. Seit mehr als zwei Jahrzehnten ging er schon keiner geregelten Arbeit mehr nach, und darauf war er so stolz wie auf seinen Spitznamen. Er verdiente sich seinen Lebensunterhalt mit dem Aufsammeln von Pfandflaschen. Daß er dabei nicht nur weggeworfene Flaschen einsammelte, sondern auch schon mal Baubuden nach Kästen mit leeren Bierflaschen absuchte und besonders Getränkelagern seine pfandbewußte Aufmerksamkeit schenkte, verstand sich ja von selbst.

In dieser warmen Augustnacht begann Flaschen-Freddy seinen Rundgang damit, daß er dem Hinterhof der Kneipe *Dornröschen* einen Besuch abstattete. Noch nie war er hier mit leeren Händen davongegangen, und er war überzeugt, auch diesmal wieder ein paar Flaschen abstauben zu können.

Ein zufriedenes Lächeln trat auf sein stoppelbärtiges Gesicht, als er neben der Hintertür die aufgestapelten Kisten mit Leergut sah.

Flaschen-Freddy war gerade dabei, eine große Coca-Cola in altes Zeitungspapier zu rollen und zu den anderen Flaschen in seinen Jutesack zu legen, als er zwei Männerstimmen hörte. Im selben Augenblick schaltete jemand in einem ebenerdigen Hinterzimmer, dessen Fenster aus milchigem Glas zum Hof hinausging, Licht an. Erschrocken fuhr er zusammen und blickte hoch.

Der obere Teil des Milchglasfensters war aufgeklappt. Wenn auch leise, so drangen die beiden Stimmen doch deutlich zu ihm hinaus.

Er griff schon zu seinem Sack und wollte eiligst verschwinden, als er einen Satz hörte, der ihn all seine sonstige Vorsicht vergessen ließ. Er trat sogar noch näher an das Fenster heran und lauschte dem Gespräch der beiden Männer mit wachsender Erregung. Was er da zu hören bekam, waren brisante Informationen. Und er überlegte fieberhaft, auf welche Weise er aus seinem Wissen Kapital schlagen konnte. Dann fiel ihm jemand ein, der bestimmt bereit wäre, ein paar hübsche blaue Scheinchen für einen brandheißen Tip springen zu lassen.

Flaschen-Freddy zog sich vorsichtig zurück, denn er hatte genug gehört. Er paßte auf, daß er kein Geräusch verursachte, als er seinen Sack aufnahm und den Hinterhof verließ. Und doch machte er einen Fehler. Als er nämlich durch den Torbogen auf die Straße zurückkehrte, vergaß er, sich zu vergewissern, daß ihn niemand beim Verlassen des Hinterhofes sah. Er hatte es einfach zu eilig, zur nächsten Telefonzelle zu kommen.

Aufgeregt lief er die Straße hoch, wandte sich an der nächsten Kreuzung nach rechts und war ganz außer Atem, als er die Telefonzelle vor dem Milchhof erreicht hatte. Er stellte seinen Sack ab, schlug das Telefonbuch auf und fand die Nummer, die er suchte.

„Na, komm schon", murmelte Flaschen-Freddy ungeduldig, als er gewählt hatte und der Anschluß am anderen Ende der Leitung wiederholt klingelte. „Nimm ab, Glatzkopf... Die Nacht ist nicht allein zum Schlafen da!"

Endlich wurde abgenommen. „Ja?" knurrte eine schläfrige, ärgerliche Stimme.

„Sind Sie es, Klicker?" fragte der Stadtstreicher.

„Verdammt noch mal, hier ist Kommissar Nagel!"

Der Stadtstreicher grinste. „Klicker" war der in der Unterwelt gebräuchliche Spitzname für den gefürchteten Kommissar mit dem runden Glatzkopf. „Tut mir leid, daß ich Sie von der Matratze geholt habe, Klicker... Hier ist Ihr treuer Informant, der gute alte Flaschen-Freddy!"

„Soll das ein Witz sein?" drang die ärgerliche Stimme des Kommissars aus dem Hörer. „Weißt du, wie spät es ist? Für diese Frechheit laß ich dich morgen einbuchten! Statt Flaschen kannst du dann ein paar Tage Gitterstäbe zählen."

„Glauben Sie, ich hätte 'nen Sonnenstich, daß ich Sie nachts um vier ohne Grund aus dem Bett hole, Klicker? Ich hab 'nen heißen Tip, der Millionen wert ist!"

„Und ich bin der Kaiser von China!“

„Hören Sie, das ist kein faules Ei!“ versicherte der Stadtstreicher hastig. „Es geht um ein ganz dickes Ding. Und ich will für die Informationen nur fünf blaue, bescheiden wie ich bin...“

„Fünfhundert Mark für einen Tip? Willst du mich auf den Arm nehmen? Dein letzter Tip war keine fünf Groschen wert gewesen!“

„Aber diesmal habe ich ’nen echten Knaller auf der Pfanne!“

„Also gut, worum geht es?“ drängte der Kommissar.

„Was ist mit der Prämie?“ wollte Flaschen-Freddy wissen.

„Wenn es wirklich ein so heißer Tip ist, wie du sagst, bezahle ich dich auch entsprechend“, sagte Kommissar Nagel ungeduldig. „Aber wenn du nicht gleich zur Sache kommst, werde ich ernstlich ungemütlich!“

„Okay, ich will Ihnen ’nen Duft von der Story geben, Klicker“, begann der Stadtstreicher. „Sagt Ihnen der Name Ping-Pong was?“

„Meinst du damit den Dicken, den sie auch die Erdnuß nennen?“ fragte der Kommissar rasch, und seine Stimme klang auf einmal hellwach.

„Genau den!“

„Donnerwetter! Was ist mit Ping-Pong?“

„Er hat die Finger mal wieder am Drücker. In zehn Tagen...“

Flaschen-Freddy brach mitten im Satz ab, als er einen Wagenmotor hörte, der schnell lauter wurde. Er drehte sich im Telefonhäuschen um. Erschrecken trat auf sein Gesicht, als ein dunkler Ford mit quietschenden Reifen vor der Telefonzelle zum Stehen kam und ein langhaariger, kräftiger Mann aus dem Wagen sprang.

Schnell drückte Flaschen-Freddy die Gabel herunter; er schlotterte vor Angst. Dem verkniffenen Gesicht des Mannes konnte er unschwer entnehmen, daß er gleich Unannehmlichkeiten bekommen würde.

„Einsteigen!“ befahl der Fremde.

Der Stadtstreicher versuchte sich dumm zu stellen. Vergeblich. Der breitschultrige Mann packte ihn und zerrte ihn aus der Zelle.

„Ich hab keinem was getan!" protestierte der Stadtstreicher. Angst flackerte in seinen Augen auf. „Ich weiß nicht, was Sie wollen. Ich bin der Flaschen-Freddy!"

Der Gangster stieß ihn unsanft in den Wagen. „Du bist 'ne größere Flasche, als du glaubst!" höhnte er. Und fügte drohend hinzu: „Versuch nur irgendwelche Dummheiten, und ich zeig dir, wie man aus 'ner Flasche wie dir 'nen handlichen Flachmann macht!"

Der Fall Ping-Pong

Zwei zerkaute Zigarrenstummel und ein Dutzend Zigarettenkippen füllten den Aschenbecher auf dem klobigen Büroschreibtisch von Kommissar Nagel. Zwischen ganzen Stößen von Akten standen zwei Plastiktassen, eine dickbauchige Thermoskanne sowie ein Pappteller, auf dem zwei trockene Brötchen lagen.

Müde und niedergeschlagen saß der Kommissar in seinem knarrenden Drehstuhl. Er kaute auf einer kalten Zigarre, wie es seine Art war, wenn er angestrengt nachdachte und ein Problem zu lösen versuchte. Hinter ihm schien die Morgensonne durch das Fenster ins Büro.

Klicker fuhr aus seinen düsteren Gedanken auf, als die Tür geöffnet wurde und sein engster Mitarbeiter, Kriminalassistent Claus Koopmann, ein junger tatendurstiger Mann mit blondem Haar und sympathischem Gesicht, ins Zimmer trat.

Koopmann schien überrascht, ihn hinter seinem Schreibtisch zu sehen. „Schon von der Lagebesprechung mit den Polizeispitzen zurück, Chef?"

„Ja, sieht ganz so aus, nicht wahr?" gab der Kommissar bissig zurück und spuckte ein Stück Tabakblatt aus.

Der Assistent zog die Augenbrauen hoch. „Ihrem Ton und Ihrer

Miene nach zu urteilen, scheint es ja kein sehr aufmunterndes Gespräch gewesen zu sein."

Kommissar Klicker schnaubte grimmig. „Sie sehen aber auch nicht gerade so aus, als würden Sie heute in Jubelstimmung sein, Koopmann. Mit Ihrem Gesichtsausdruck könnten Sie als professioneller Leichenträger eine steile Karriere machen."

Claus Koopmann ließ sich auf den harten Stuhl vor dem Schreibtisch fallen. „Ist das ein Wunder, nachdem Sie mich zu so unchristlicher Zeit aus dem Bett geholt und auf die Straße geschickt haben?"

Ein feines Lächeln schlich sich auf das Gesicht von Kommissar Klicker. „Wenn wir die verdammte Geschichte im Griff haben, gönne ich Ihnen ein paar Stunden Büroschlaf, Koopmann. Doch jetzt berichten Sie, was Sie über Flaschen-Freddy in Erfahrung bringen konnten."

„Eine ganze Menge, aber nichts, was uns im Fall Ping-Pong weiterbringen könnte", antwortete der Kriminalassistent und zog sein Notizbuch zu Rate, während er ihm berichtete, was er in den Stunden seit vier Uhr nachts zu hören bekommen hatte. „Niemand weiß, wo der Stadtstreicher ist. Er scheint wie vom Erdboden verschwunden."

„Kein Verdacht? Kein versteckter Tip?" fragte Klicker.

„Absolut nichts. Und niemand kann ihn auch nur irgendwie mit diesem skrupellosen Verbrecher Ping-Pong in Zusammenhang bringen."

„Das habe ich befürchtet", sagte der Kommissar düster. „Freiwillig hat er nicht aufgelegt. Ich habe noch das Quietschen von Autoreifen gehört..."

Koopmann klappte sein Notizbuch zu. „Eines wissen wir zumindest – nämlich daß Ping-Pong auf dem Sprung ist. Und da sollte es doch nicht allzu schwer sein, ihm das Spiel von vornherein gehörig zu vermasseln."

Klicker schüttelte energisch den Kopf. „Zu simpel, Koopmann. Er würde dann sein Vorhaben einfach nur verschieben. Und aufgeschhoben ist nun mal nicht aufgehoben. Nein, ich muß Ping-Pong festnageln. Schon seit Monaten steht er auf meiner Liste ganz oben..., einmal ganz davon abgesehen, daß mir der verehrte Herr Polizeichef seinetwegen im Nacken sitzt."

Claus Koopmann hob seufzend die Hände. „Aber was sollen wir machen, Chef? Wo sollen wir ansetzen?"

Mit einem bitteren Zug auf den Lippen tippte Kommissar Klicker auf sechs große Karteikarten, die ganz oben auf einem Aktenberg aufgefächert lagen. „Schauen Sie sich das mal an..."

Koopmann nahm die Karteikarten an sich. „Das sind ja die alten Fahndungsakten der Adi-Ehrlich-Gang!" stellte er erstaunt fest.

Klicker nickte. „Ja, Adis Freunde waren und sind auch heute noch Spezialisten, die besten in ihrem Fach."

Der Assistent überflog die Unterlagen.

Da war Adi Ehrlich, auch Adi der Trickser genannt, der unbestrittene Kopf des Sextetts. Ein gedrungener Mann mit buschigen Augenbrauen, klaren wachsamen Augen und einer überragenden Intelligenz. Ein Mann, der jeden faulen Trick kannte und seine Freunde dazu gebracht hatte, Abschied vom Ganovenleben zu nehmen und ehrbar zu werden.

Zweiter Mann in der Adi-Clique war Heiner von Hohenschlaufe, ein begnadeter Hochstapler und Falschspieler, der sich als Baron ausgab. Seine angeblich adlige Abstammung wurde von vielen bezweifelt, doch er benahm sich wie ein Gentleman und sah mit seinem markanten Gesicht mit der griechisch anmutenden Nase und dem graumelierten Haar wie ein echter Aristokrat aus. Und was seinen näselnden Tonfall und seine blasierte Arroganz anging, so konnte er sich darin mit jedem echten Baron messen.

Tino Tran, der wegen seiner auffallend hervorstehenden Zähne auch Tino das Pferd genannt wurde, nahm sich mit seiner schmächtigen Gestalt und der Nickelbrille mit den dicken Gläsern neben dem Baron geradezu erbärmlich aus. Doch als Fälscher von Dokumenten und Banknoten war er ein Genie.

Carlo Canaletti, ein bohnenstangenlanger und handtuchschmaler Bursche mit dem Spitznamen Fassaden-Carlo, war ein berüchtigter Fassadenkletterer gewesen. Spiegelglatte Hauswände waren für ihn nichts Unüberwindliches.

Nummer 5 in der Adi-Ehrlich-Bande war Fred Pfanne, das ehemalige As der Hehlerbranche. Er war mit lockeren Sprüchen schnell bei der Hand und trug grundsätzlich nur schwarze Kleidung, was ihm den Spitznamen Blacky eingetragen hatte.

Bodo Brocken, ein Kleiderschrank von einem Mann, machte das Sextett der Freunde komplett. Früher war er einmal Schwergewichtsboxer gewesen, und aus der Zeit stammte noch sein Beiname Bodo der Bomber. Seine Karriere war jedoch im Handumdrehen beendet gewesen, denn sein Manager hatte zu seiner bitteren Enttäuschung einsehen müssen, daß Bodo im Ring eine völlige Niete war. Er konnte keiner Fliege etwas zuleide tun. Nur wenn er sehr gereizt wurde oder einer seiner Freunde Hilfe brauchte, legte er los. Aber dann ging er auch zur Sache. Wo Bodo, der Bär mit dem superkurzen Meckischnitt, hinlangte, blieb kein Stuhl heil, und da wuchs so schnell kein Gras mehr.

„Kaum zu glauben, daß diese sechs ausgekochten Burschen die Kurve ins ehrbare Leben geschafft haben", sagte Koopmann nachdenklich. Adi Ehrlich hatte vor gut zwei Jahren zusammen mit seinen Freuden das heruntergekommene *Park-Hotel* aufgekauft, renoviert und zu einem gewinnbringenden Unternehmen gemacht. Und stets war er es gewesen, der sie vor gefährlichen Rückfällen bewahrt hatte.

„Ja, es erscheint mir heute merkwürdig, daß ich einmal ganz versessen darauf gewesen war, sie hinter Gittern zu sehen", gab Klicker zu, der mittlerweile feste Freundschaft mit ihnen geschlossen hatte. Besonders mit Blacky, denn der ehemalige Hehler war ein ausgezeichneter Koch und wie er ein Feinschmecker ersten Ranges. Er hatte so manche Stunde bei Blacky in der Hotelküche verbracht.

Koopmann stutzte plötzlich. „Warten Sie mal, Chef. Daß Sie

mir die alten Akten vorlegen, ist doch bestimmt kein Zufall."
„Nein."
„Sagen Sie bloß, Sie wollen die Adi-Clique ins Gefängnis bringen?"
„Sie vermuten richtig, Koopmann", fiel ihm Kommissar Klicker ins Wort. „Meine Freunde werden bald Knastluft schnuppern."
„Ist das nötig?"
Klicker seufzte schwer. „Ich sehe keine andere Möglichkeit... Und sie können mir glauben, daß mir dieser Entschluß sehr schwergefallen ist. Aber einen anderen Weg gibt es nicht. Ich habe mir von oben schon grünes Licht geben lassen. Es ist alles vorbereitet." Er stemmte sich aus dem Drehstuhl. „Es wird nicht gerade leicht sein, Adi und seine Freunde ins Gefängnis zu bringen..."

Ein wahrhaft stürmischer Empfang

„Nur über meine Leiche!" donnerte Bodo Brocken, griff nach der schweren hölzernen Nudelrolle und hob sie drohend. „Ich gebe dir drei Sekunden! Wenn du Gertrude dann nicht freigelassen hast, mach ich Mus aus dir!"
„Tickst du noch ganz richtig?" stieß Blacky erschrocken hervor und wich vorsichtshalber einen Schritt zurück. „Ich bin hier der Koch! Und keiner hat mir in meine Arbeit reinzureden! Also leg die verdammte Rolle hin und verschwinde aus meiner Küche. Du hast hier überhaupt nichts zu suchen!"
„Ich warne dich zum letztenmal, Blacky!" rief Bodo erregt. „Ich werde nicht tatenlos zusehen, wie du zum hinterhältigen Mörder wirst und Gertrude kaltblütig hinschlachtest!"
„Mörder? Dir muß die Augustsonne die letzten drei Gehirnzellen ausgetrocknet haben!" entgegnete Blacky wütend, und für einen Augenblick war die feste Freundschaft, die sie verband, vergessen.

Denn Bodo ging jetzt wirklich zu weit, wie er fand. „Gertrude ist reif für den Kochtopf – und da wandert sie auch hin, so wahr ich Blacky heiße!“

Gertrude war die fette Gans, die Blacky schützend vor seine Brust hielt, als Bodo ihm nun mit der erhobenen Teigrolle um den Herd folgte. Sie versuchte sich mit wildem Flügelschlag zu befreien. Doch er hatte sie mit der rechten Hand am langen Hals gepackt, und mit der linken hielt er ihre Füße fest.

Bodo der Bomber reckte sein Kinn vor. „Nicht eine Feder wirst

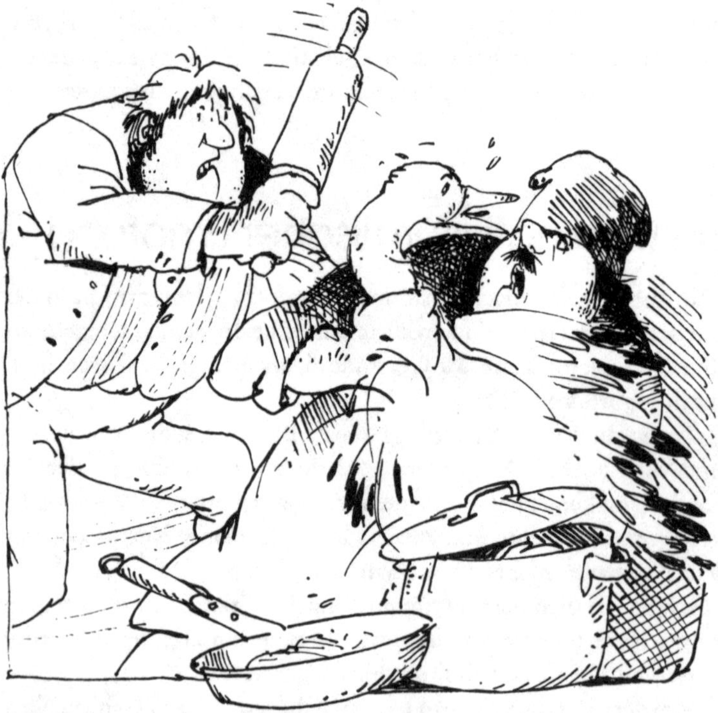

„Nicht eine Feder wirst du ihr ausrupfen!“
rief Bodo erregt

du ihr ausrupfen!" Er hatte Gertrude im Hinterhof des Hotels großgezogen, hatte sie in den ersten Wochen mit Brot gefüttert, das er in Milch getaucht hatte. Und er war es gewesen, der ihr den Metallring mit ihrem Namen am rechten Fuß angelegt hatte. Getrude war ihm wie sein geliebter Kater Al Capone ans Herz gewachsen. Im *Park-Hotel* würde es keine Gans à la Gertrude geben, dafür würde er sorgen – notfalls mit seinen Fäusten!

„Nimm doch Vernunft an! Soll ich Gänsepastete vielleicht aus Artischocken oder Dörrpflaumen herstellen?"

„Von mir aus kannst du deine Pastete aus Schnürsenkeln zusammenkochen, aber nicht aus Gertrude!" erwiderte Bodo. Um seinen Worten den nötigen Nachdruck zu verleihen, schlug er mit der Teigrolle zu – jedoch nicht in Blackys Richtung sondern zwischen die Töpfe und Pfannen, die auf der Anrichte standen. Es gab ein fürchterliches Gescheppere und Gepoltere, als die Deckel von mehreren Töpfen sprangen und ein Stapel Küchenbretter zu Boden fiel.

Der wüste Schlag mit der Teigrolle und der Lärm ließen nicht nur Blacky zusammenschrecken, sondern versetzten auch die Gans in einen Zustand panischer Angst. Blackys Griff um ihren Hals hatte sich unwillkürlich ein wenig gelockert. Gertrude nahm die Gelegenheit sofort wahr, um sich zu befreien. Ihr Hals ruckte herum, und mit einem kräftigen Schnabelhieb hackte sie Blacky die schwarze Kochmütze vom Kopf.

Blacky schrie auf und ließ Gertrude los. „Verdammtes Federvieh!" fluchte er und versuchte sie wieder einzufangen. Doch seine Hände griffen ins Leere... Gertrude flatterte unter den von der Decke hängenden Gerätschaften hindurch und flüchtete sich hinter ihren Beschützer. Dabei gab sie ein lautes Geschnatter von sich, das in Blackys Ohren wie Hohn klang.

„Ich wußte doch, daß du vernünftig sein würdest", sagte Bodo. Und nun, da Gertrude nicht länger der Gefahr ausgesetzt war, daß Blacky ihr kurzerhand den Hals umdrehte, verrauchte sein Zorn so schnell, wie er gekommen war.

Doch nun stieg in Blacky die Wut hoch. Und er dachte gar nicht daran, auf Gänsepastete à la Gertrude zu verzichten. „Vernünftig? Du mußt nicht alle Tassen im Schrank haben!“ rief er erbost. „Soll ich dir mal sagen, wen du in den letzten Tagen alles in dich hineingeschaufelt hast, he?“

Ein verwirrter Ausdruck trat auf Bodos Gesicht. „Hineingeschaufelt? Wie meinst du das?“

„Das will ich dir sagen!“ knurrte Blacky und tat so, als würde er der Gans Gertrude keine weitere Aufmerksamkeit mehr schenken. Doch in Wirklichkeit beobachtete er sie aus den Augenwinkeln. Er wollte Bodo ablenken. Und dann – schwupps, mit einem Griff – würde er sich seine watschelnde Gänsepastete wieder einfangen!

Blacky nahm ein langes Tranchiermesser und rammte die Spitze der Klinge in einen dicken Schinken, der neben den Kühlschränken hing. „Weißt du, was das ist?“

„Ein Schinken.“

Blacky verzog das Gesicht. „Irrtum, Bodo! Das ist die Hinterseite von Alfred dem Schwein! Und vom guten, alten Alfred hast du gestern abend sicherlich ein glattes Pfund in dich hineingeschlungen!“

„Oh...“, machte Bodo.

„Und das hier“, er hob den Deckel vom Abfallcontainer, zog unter einer Schicht Kartoffelschalen das Grätenskelett eines Fisches hervor und hielt es mit spitzen Fingern vor Bodos Gesicht. „Das hier ist die Forelle Luise Müller – oder zumindest das, was du heute mittag von ihr übriggelassen hast!“

„Luise Müller?“ Bodo machte ein betroffenes Gesicht.

„Ja, und du hast noch zwei ihrer Töchter grätenschlank genagt“, fuhr Blacky unbarmherzig fort. Er beobachtete, daß die Gans von Bodo weg zu den Schwingtüren der Küche watschelte. Und er bewegte sich nun auch in diese Richtung. Vor der Kühltruhe blieb er stehen, denn Gertrude schien ihn von der Seite her mißtrauisch zu beäugen. Er öffnete sie und nahm ein Paket Filetsteaks heraus. „Rate mal, was das ist? Ich will's dir sagen, du Ignorant! Das war mal das beste Stück von einem Rindvieh namens Ronald!"

Bodo blickte nun wirklich erschüttert drein. „D... d... das habe ich nicht gewußt", stotterte er. „Hast du sie alle gekannt? Luise und Alfred und das Rind Ronald?"

„Mehr vom Hörensagen", antwortete Blacky und sah die günstige Gelegenheit nun für gekommen. Mit einem Satz stürzte er sich auf Gertrude. Doch alles, was er zu fassen bekam, waren ein paar Schwanzfedern. Die Gans entwischte ihm im letzten Augenblick, zwängte sich durch die Schwingtüren und flatterte mit lautem Geschrei den Gang hinunter, der in die Hotelhalle führte.

Fluchend sprang Blacky hoch und nahm die Verfolgung auf. Und er war schnell, wußte er doch, daß ihm Bodo mit der Teigrolle auf den Fersen war!

Der ehemalige Hehler sprintete den Flur hinunter, und Bodos Gebrüll spornte ihn zu Höchstleistungen an. Er schoß um die Ecke in die weitläufige Hotelhalle, den Blick einzig und allein auf die dicke Gans gerichtet. Er sah nicht Carlo Canaletti, der in der Mitte der Halle auf der Spitze einer Leiter balancierte und gerade den Kronleuchter abhängte. Und ihm entging auch völlig, daß Tino Tran den Parkettboden mit Bohnerwachs einrieb. Er hatte nur Augen für Gertrude, seine zukünftige Gänsepastete...

Blacky war ihr dicht auf den Fersen.

Bodo wußte instinktiv, daß er ihn nicht mehr früh genug einholen würden. Doch irgendwie mußte er Blacky stoppen! Deshalb schwang er die schwere Teigrolle und schleuderte sie seinem Freund zwischen die Beine.

Blacky stolperte und machte eine fast filmreife Bauchlandung. Er hatte jedoch so viel Schwung drauf, daß er wie ein Geschoß über den glatten Boden rutschte.

Tino Tran sah ihn auf sich zurasen. Die Augen hinter den dicken Gläsern seiner Nickelbrille schienen vor Schreck aus den Höhlen springen zu wollen. „Nein!“ schrie er und hielt Blacky den Fransenmob entgegen, mit dem er das Parkett blankpoliert hatte, als könnte er die drohende Gefahr damit abwehren.

Doch nichts konnte Blacky jetzt noch aufhalten. Er prallte mit Tino Tran zusammen und riß ihn mit sich. Sie segelten quer durch den Raum. Und Blacky merkte gar nicht, daß er die Leiter, auf der Carlo stand, mit einem Bein umstieß. Die Fransen des Mobs bedeckten nämlich sein Gesicht. Er hörte nur ein lautes Krachen und einen gellenden Schrei.

Geistesgegenwärtig klammerte sich der dürre Fassadenkletterer a. D. mit der linken Hand an den schweren, runden Deckenhaken, und mit der rechten hielt er den Kronleuchter fest. So pendelte er unter der Decke hin und her. „Seid ihr noch zu retten? Ist bei euch der nackte Wahnsinn ausgebrochen?“ zeterte er und forderte Bodo auf, ihm aus seiner luftigen Notlage zu helfen. Doch Bodo der Bomber hielt es im Moment für wichtiger, Gertrude zu beruhigen, als seinem Freund zu helfen. Fassaden-Carlo war ja an derart „freischwebende“ Situationen gewöhnt.

Indessen schlitterten Blacky und Tino Tran auf die Drehtür des Hoteleingangs zu. Vermutlich wären sie direkt in die Glastüren gesegelt, wenn Kommissar Nagel nicht gewesen wäre.

Der Kommissar trat aus der Drehtür, machte zwei Schritte in die Halle und lag dann ebenfalls am Boden. Durch den Zusammenprall wurde die unfreiwillige Rutschpartie von Blacky und Tino nach rechts abgelenkt und kurz vor der Wand neben der Tür abgestoppt.

Verdutzt blickte der Kommissar von Tino zu Blacky. „Welch ungewöhnlich stürmischer Empfang“, brummte er. „Ich bin zutiefst bewegt – im wahrsten Sinne des Wortes!“

Klickers letzte Rettung

„Ruhe im Dom, zum Donnerwetter noch mal!“ Adi Ehrlich mußte seine Stimme fast zu voller Lautstärke heben, um sich Gehör zu verschaffen. Er stand hinter der Rezeption, die Fäuste ärgerlich in die Hüften gestemmt. Er war froh, daß das Hotel wegen dringender Renovierungsarbeiten vorübergehend geschlossen war, denn ihm bot sich ein wahrlich chaotisches Bild, das von ohrenbetäubendem Geschrei untermalt wurde.

Carlo baumelte wie ein Affe hoch oben unter der Decke und drohte mit sich überschlagender Stimme, dem Nächstbesten von ihnen den Kronleuchter aufs Haupt fallen zu lassen, wenn ihn nicht endlich jemand aus seiner mißlichen Lage befreite. Doch niemand schien seine Drohungen zur Kenntnis zu nehmen. Blacky war außer sich vor Wut auf Bodo und verstieg sich zu Beschuldigungen, von denen „mutwillige Behinderung eines Künstlers bei der Ausübung seines Handwerks“ und „Sabotage am Kochtopf“ noch zu den milderen Vorwürfen zählten. Und während Bodo sich mit Erwiderungen wie „Gänsemörder“ und „Killer hinter der Maske des Suppenkochs“ revanchierte, lamentierte Tino mit quengeliger Stimme über die Rutschspuren auf seinem frischgebohnerten Parkettboden.

Kommissar Klicker stand derweil verwundert neben der Drehtür, seine alte abgewetzte Aktentasche unter dem Arm und den Fransenmob in der anderen Hand.

Auf Adis scharfen Ruf hin erstarb nun das wüste Geschrei in der Hotelhalle. Im selben Augenblick öffneten sich die Türen des Fahrstuhls und Heiner von Hohenschlaufe trat aus dem Lift – als hätte er diesen effektvollen Auftritt von langer Hand geplant. Er trug einen hellen Sommeranzug und schwang einen eleganten

Spazierstock mit versilbertem Knauf.

„Mir scheint, hier werden meine Dienste als Vermittler dringend benötigt", sagte der Baron in der ihm eigenen leicht affektierten Art.

„Spar dir deine blöden Sprüche und hilf mir lieber von hier runter!" rief Carlo Canaletti grimmig.

„Dein Vokabular läßt sehr zu wünschen übrig, mein junger Freund", erwiderte der Baron indigniert.

Adi Ehrlich trat hinter der Rezeption hervor. „Mir reicht es, Freunde! Ich will nichts mehr hören! Und jetzt pack mit an, Baron", sagte er energisch und ging zur umgestürzten Leiter.

„Wenn man mich so zuvorkommend bittet, ist es mir natürlich ein Vergnügen, meine geschätzten Dienste zur Verfügung zu stellen", erwiderte Heiner von Hohenschlaufe würdevoll und half Adi, die Leiter aufzustellen und den schweren Kronleuchter entgegenzunehmen.

„Kann mir einer sagen, was hier überhaupt gespielt wurde?" fragte Carlo brummig, als er wieder sicheren Boden unter den Füßen hatte.

Blacky war mit seinem Sabotage-Vorwurf sofort zur Stelle. Doch Adi Ehrlich stellte sich auf Bodos Seite, nachdem er beide angehört hatte. „Gertrude bleibt ungerupft!" entschied er. „Und wer ihr an den Hals geht, bekommt es mit mir zu tun!"

Bodo strahlte dankbar.

Blacky dagegen blickte finster. „Wenn das so ist, muß ich die Arbeit in der Küche niederlegen!"

Adi legte einen Arm begütigend um die Schulter seines Freundes. „Blacky, sei vernünftig – deine Seligkeit wird doch wohl nicht an einer dummen Gans hängen! Ich meine, du als Küchenchef stehst doch über solch einer lächerlichen Kleinigkeit", schmeichelte er ihm. „ Das *Park-Hotel* steht und fällt mit deinen Zauberkünsten! Oder willst du, daß Tino von nun an in deinem Reich herumfuhrwerkt und uns dreimal am Tag ‚falschen Hasen' serviert?"

Diese Vorstellung schien auch Blacky zu schrecken. „Also gut, ich bleibe euer Koch..., aber nur unter Protest!"

Adi atmete auf und ging nun zu Kommissar Klicker hinüber. Er entschuldigte sich für die unschöne Szene. „Wir sind alle ein wenig gereizt, Kommissar. Vermutlich haben wir in den letzten Tagen zu hart geschuftet. Wir hätten wohl einen Urlaub verdient."

Kommissar Klicker räusperte sich. „So etwas wie einen Tapetenwechsel kann ich euch anbieten, Adi... Wird nicht gerade ein Platz an der Sonne sein, dafür aber garantiert Abwechslung vom *Park-Hotel*-Alltag bringen."

Der Boß der Ex-Ganoven musterte ihn eingehend und bemerkte nun die Erschöpfung und Anspannung auf dem Gesicht von Kommissar Klicker. „Ärger?" fragte er knapp.

„Mehr als nur Ärger, Adi. Doch mir wäre es lieb, wenn ich euch allen erzählen könnte, um was es geht. Es ist wirklich ernst."

„Selbstverständlich."

Minuten später saßen sie im leeren Speisesaal um einen großen runden Tisch. Gespannt warteten sie auf das, was Klicker ihnen zu berichten hatte.

„Ist euch Ping-Pong ein Begriff?" begann der Kommissar.

Adi nickte. „Natürlich! Das ist doch dieser Dicke, der gemeinsam mit seinen Komplizen letztes Jahr die Millionärstochter entführt hat und kurz nach Übergabe eines enormen Lösegeldes geschnappt wurde."

„Richtig", bestätigte Klicker. „Paul Pudlowski, wie Ping-Pong mit bürgerlichem Namen heißt, ist nach einer wüsten Schießerei gefaßt worden. Er hat einen Polizisten zum Krüppel geschossen und zwei weitere schwer verletzt. Dafür hat er ‚lebenslänglich' bekommen – genauso wie seine beiden Komplizen. Doch das erpreßte Lösegeld in Höhe von zweieinhalb Millionen ist spurlos verschwunden."

Carlo stieß einen Pfiff aus. „Zweieinhalb Millionen? Himmelarschundzwirn, das ist 'ne Menge Kies!"

„Wie gesagt, es ist nicht auffindbar", fuhr Klicker fort. „Wir nehmen an, daß Ping-Pong die Beute irgendwo versteckt hat, vermutlich aufgeteilt und an mehreren verschiedenen Orten. Wir haben alles versucht, um an Ping-Pong heranzukommen. Doch unsere Spione, die wir im Gefängnis auf ihn angesetzt haben, sind immer wieder aufgeflogen. Der Bursche riecht einen falschen Fuffziger offensichtlich drei Meilen gegen den Wind."

Blacky lachte kurz auf. „Wer soviel Kohle zur Verfügung hat, der hat im Knast und auch draußen jede Menge Freunde. Und Gefängniswärter sind auch nur Menschen – und somit bestechlich."

„Genau das ist es", gab der Kommissar zu. „Unsere Aushorchaktionen sind verraten worden."

„Schön und gut, aber warum kommen Sie jetzt auf einmal damit zu uns?" wollte Tino wissen. „Ping-Pong sitzt doch schon eine ganze Weile hinter Gittern."

„Der Fall Ping-Pong hat eine unerwartete Wendung genommen", erklärte Klicker und berichtete von Flaschen-Freddys nächtlichem Anruf. „Er ist wie vom Erdboden verschluckt. Und ich will King-Kong heißen, wenn er freiwillig untergetaucht ist."

„Sie meinen, jemand hat ihn auf Eis gelegt?" fragte Carlo.

„Ja. Und ich bin ebenfalls sicher, daß Ping-Pong einen Ausbruch plant – und zwar in zehn Tagen. Nur so ergibt Flaschen-Freddys Satz einen Sinn."

Der Baron meldete sich nun zu Wort. „Möglicherweise fehlt mir der Blick für das kriminalistische Detail, Kommissar, aber ich sehe da keine große Schwierigkeit. Wenn Sie wissen, daß Ping-Pong beabsichtigt, aus dem Gefängnis auszubrechen, brauchen Sie ihn doch bloß in ein anderes Gefängnis verlegen zu lassen und ihn von seinen Komplizen zu trennen."

Der Kommissar schüttelte den Kopf. „Damit wäre sein Ausbruch nur aufgeschoben, aber nicht aufgehoben. Er wird in jedem anderen Gefängnis neue Helfer finden und einen neuen Plan aushecken. Nein, wir wollen ihn diesmal festnageln und herausfinden, wo das Geld versteckt ist. Ohne die Millionen ist Ping-Pong erledigt."

„Gut, jetzt kennen wir die Hintergründe, Kommissar. Doch wie können wir Ihnen helfen?" wollte Adi nun wissen.

„Richtig. Heraus mit der Sprache!" forderte Blacky ihn auf. „Was können wir für Sie tun?"

„Ins Gefängnis gehen", rückte Klicker nach einer Pause mit seinem Plan heraus.

Verdattert und sprachlos sahen ihn die sechs Ex-Ganoven an.

„Sie haben schon mal bessere Witze gemacht!" meinte Carlo schließlich trocken.

„Das ist kein Witz", sagte Klicker ernst. „Ihr seid meine letzte Rettung."

„Heiliger Tango, das schlägt mir enorm auf den Magen", meinte Blacky. „Gegen gesiebte Luft bin ich äußerst empfindlich."

„Ich krieg schon einen nervösen Schluckauf, wenn ich ein Gefängnis nur von weitem sehe", sagte Tino verstört.

„Langsam, langsam, Freunde!" rief Adi nun. „Warum hören wir uns nicht mal erst an, wie sich der Kommissar unseren Part im Knast vorstellt?"

„Mein Plan beruht auf der Voraussetzung, daß ihr das nötige Wissen und die Fähigkeiten mitbringt, um einen so gerissenen Gangster wie Ping-Pong aufs Kreuz zu legen", sagte Klicker. „Ihr habt lange Jahre erfolgreich in der Unterwelt mitgemischt, und ihr habt daher den richtigen, nun, sagen wir mal Stallgeruch. Wenn ihr es nicht schafft, schafft es niemand. Ich habe mit dem Polizeichef und dem Gefängnisdirektor den Plan schon durchgesprochen und grünes Licht dafür bekommen – sofern ihr euch dazu überwinden könnt."

Er machte eine kurze Pause und fuhr dann fort: „Ich habe mir die Sache folgendermaßen vorgestellt. Ihr kommt im Zuge einer Umverlegung von Knastbrüdern zu Ping-Pong ins Gefängnis. Dann ist es euch überlassen, wie ihr Ping-Pong austrickst. Wenn es einem von euch gelingen sollte, sein Vertrauen zu erringen, haben wir natürlich die besten Erfolgsaussichten."

„Dafür brauchten wir aber die Hilfe von außen und das Mitwissen der Wärter, was die ganze Sache von vornherein unsinnig macht", wandte Adi Ehrlich ein. „Irgendeiner der Wärter steht bestimmt auf Pudlowskis Bestechungsliste."

Klicker nickte. „Deshalb will ich ja auch einen von euch als neuen Blockaufseher einschleusen."

Der Baron hob interessiert den Kopf. „Ich beginne dem Plan einen gewissen Geschmack abzugewinnen. Die Rolle des neuen Aufsehers stellt natürlich hohe Anforderungen und scheint mir daher, bei all meiner Bescheidenheit, auf den Leib geschrieben zu sein."

Der Kommissar verkniff sich ein Schmunzeln. Er hatte den Baron von vornherein dafür eingeplant. Doch er sagte: „Diese Entscheidung werdet ihr gemeinsam treffen müssen."

Adi nagte grübelnd an seiner Unterlippe. Schließlich sagte er: „Wir brauchten natürlich einen genauen Plan vom Gefängnis mit allen Luftschächten, Räumlichkeiten, Türen und so weiter."

„Soll das heißen, daß ich auf euch zählen kann?"

Adi zuckte mit den Achseln. „Ich bin bereit, mich auf dieses Abenteuer einzulassen." Fragend schaute er in die Runde.

Fast empört blickte Heiner von Hohenschlaufe den Kommissar an. „Welch eine Frage? Bestand jemals der Schimmer eines Zweifels bei Ihnen, daß wir als Experten Ihnen unseren Beistand versagen würden?"

„Ich bin gerührt, Baron."

„Zum Teufel mit dem Schluckauf!" brummte Tino und gab sein Einverständnis, dem sich nun auch Carlo, Bodo und Blacky anschlossen.

Nachdem das geklärt war, holte der Kommissar einen Stoß Unterlagen hervor. Und sie verbrachten Stunden damit, eine erfolgversprechende Strategie für ihren gefährlichen Knastaufenthalt auszutüfteln.

Willkommen im Knast!

Heiß brannte die Sonne auf das Dach des Gefängnistransporters. Im Inneren des grünen Spezialbusses mit den vergitterten Fenstern und besonders gesicherten Türen war die Hitze fast unerträglich. Besonders in jenem Teil des Busses, der durch ein schweres Sicherheitsgitter vom Fahrerhaus abgetrennt war. Sechzehn Gefangene hockten dort auf den beiden harten Pritschen, die sich an den Längsseiten entlangzogen und eigentlich nur für jeweils sechs Personen gedacht waren.

Auf der einen Seite saßen Adi der Trickser, Fassaden-Carlo und Tino Tran sowie fünf andere, grimmig dreinblickende Gestalten – waschechte Knastbrüder. Den drei Freunden fast genau gegenüber saßen Blacky und Bodo der Bomber – mit ebenfalls direktem Körperkontakt zu Gefängnisinsassen, die von Hamburg ins Rheinland verlegt wurden.

Viel wurde nicht gesprochen. Einige der Gefangenen waren schon seit dem frühen Morgen unterwegs. Sie alle waren verschwitzt, gereizt und stinksauer auf die vier bewaffneten Uniformierten in der vorderen Kabine, die sich mit kühlen Getränken reichlich eingedeckt hatten.

Adi warf einen Blick durch die vergitterten Fenster in den beiden Hecktüren. Bis zu ihrem Bestimmungsort war es nicht mehr weit, vielleicht noch eine knappe halbe Stunde. Er dachte an das, was vor ihnen lag. Es würde nicht leicht sein, Ping-Pong und seine Bande ein für allemal auszuschalten. Aber zuerst einmal würden sie sich unter den „schweren Jungs" gehörigen Respekt verschaffen müssen.

Warum nicht schon jetzt mit der Vorstellung anfangen? sagte Adi der Trickser zu sich selbst. Scheinbar nervös trommelte er mit den

Fingern seiner rechten Hand auf den schweren Gipsverband, der seinen linken Arm bedeckte, vom Oberarm bis zur Hand hinunter. Mit ärgerlich gefurchter Stirn fixierte er Bodo, der seine Beine weit ausgestreckt hatte und vor sich hin träumte. Ein fast fröhliches Lächeln lag auf seinem breiten Gesicht.

„He, Mecki!“ raunzte Adi ihn an und tippte Bodos Bein kurz mit der Schuhspitze an. „Zieh dein Fahrgestell gefälligst ’n Schlag ein!“

Bodo fuhr aus seinen Gedanken auf. „Was?“

„Hast wohl die letzte Waschung verpaßt, Mecki“, blaffte Adi und registrierte spöttisches Gelächter und abschätzende Blicke. Immerhin sah es so aus, als wäre er drauf und dran, sich mit diesem Brocken von einem Mann anzulegen. „Du sollst deine Käsequanten einziehen, hab ich gesagt!“

„Oh – natürlich! Entschuldige“, murmelte Bodo.

„He Mann, zieh deine Käsequanten ein!“ knurrte Adi

Adi schoß ihm einen wütenden Blick zu. Am liebsten hätte er Bodo, der im Denken manchmal verdammt langsam war, jetzt einen wirklich schmerzhaften Tritt vors Schienbein gegeben.

Zum Glück reagierte Blacky sofort. Er beugte sich zu Bodo hinüber und raunte ihm erbost ins Ohr: „Bist du noch zu retten, dich zu entschuldigen? Angeblich kennen wir Adi und die anderen überhaupt nicht! Du mußt ihm satt Kontra geben! Oder hast du schon vergessen, was wir abgesprochen haben?"

Jetzt schaltete Bodo. Er machte ein verkniffenes Gesicht. „Was gehen dich meine Latschen an, Kleiner?" fauchte er nun zurück. „Oder bist du scharf drauf, auch noch den anderen Arm mit Gips bekleistert zu bekommen?"

„Soll das 'ne Drohung sein, Mecki?" fragte Adi scharf. „Paß bloß auf, daß du dein Maul nicht zu weit aufreißt, sonst fällste eines Tages noch mal da rein!"

Blacky erhob sich von der Pritsche. „Du riskierst 'ne mächtig dicke Lippe, Mann... Ich an deiner Stelle würde mir das verkneifen. Bodo macht aus Typen wie dir Parmesankäse – aber ganz fein gerieben!"

„Keiner hat dich gefragt, Würstchen! Oder braucht dein Mecki-Freund 'nen Vorsänger?" fuhr Adi ihn an und rammte ihm Zeige- und Mittelfinger vor die Brust, so daß Blacky auf die Pritsche zurückfiel. „Also halt dich raus, dann kriegste auch keinen rein."

Nun sprang Bodo auf, packte Adi am Hemd und zerrte ihn hoch. „Ich zerleg dich in 'nen handlichen Bausatz, Mann!" donnerte er drohend. „Keiner geht Blacky an die Weste, ist das klar?"

Noch bevor Adi etwas erwidern konnte, griffen die bewaffneten Wärter ein. Einer von ihnen hämmerte mit seinem Schlagstock gegen das Trenngitter. „Ruhe da hinten!" brüllte er.

Scheinbar widerstrebend ließ Bodo von Adi ab. „Wir sprechen uns noch, Kleiner", sagte er.

Adi lachte höhnisch. „Lern mal erst das große Alphabet, Mecki."

Der Rest der Fahrt verlief unter angespanntem Schweigen. Adi war zufrieden. Diese Konfrontation würde sich im Gefängnis schnell herumsprechen und die Grundlage für ihren Plan bilden. Niemand durfte auf den Gedanken kommen, sie – er mit Carlo und Tino als eine Clique sowie das Gespann Blacky und Bodo – könnten auch nur irgend etwas gemein haben. Diese vorgetäuschte Feindschaft mußte absolut echt wirken, wenn er, Adi, eine Chance haben wollte, an Ping-Pong heranzukommen.

„Ich glaube... hicks... wir sind... hicks... da“, sagte Tino Tran neben ihm. Beim Anblick des Gefängnistores hatte der Schluckauf eingesetzt. Tino war bleich im Gesicht und machte wirklich den Eindruck, als hätte er das letzte Jahrzehnt hinter Gefängnismauern verbracht. „Warum... hicks... haben wir uns nur... hicks... auf diese Sache... hicks.. eingelassen... hicks? Nachher... hicks... lassen sie uns... hicks... nicht mehr raus... hicks!“

Fassaden-Carlo beugte sich zu ihm hinüber und flüsterte ihm beruhigend zu: „Du hast mein Wort, daß wir nicht länger in Staatspension bleiben als unbedingt nötig. Hab die Pläne vom Knast genau studiert, Tino. Wenn's drauf ankommt, steig ich über die Mauern, als wäre der Bunker hier nichts weiter als 'ne lausige Strandburg.“

„Ja, du... hicks“, seufzte Tino gequält.

Der Transporter passierte das Tor, fuhr durch den vorderen Innenhof und kam dann vor einer Rampe, die an beiden Seiten vergittert war, zum Stehen.

Wärter rissen die Hecktüren auf. „Aussteigen! Na los, ein bißchen Bewegung!“

Die sechzehn Neuen wurden durch einen langen, grauen Gang geführt, begleitet von mehreren Wärtern. Sie passierten zwei Sicherheitsschleusen und mußten dann in einem großen Raum Aufstellung nehmen. Die übliche Prozedur begann. Ein Aufseher nahm vom Begleitkommando der Neuen die Transportpapiere entgegen, verglich die Fotos auf den Unterlagen mit den Galgengesichtern vor ihm, ließ einen jeden vortreten, machte Eintragungen in anderen Papieren und schickte sie dann in den Nebenraum.

Sie mußten sich ausziehen und eine peinliche Körperkontrolle über sich ergehen lassen. Die Wärter suchten nach eingeschmuggelten Gegenständen, die als Waffe oder Ausbruchswerkzeug dienen konnten, und nach Rauschgift.

Adi hoffte, daß der Wärter nicht auf den Gedanken kam, seinen Gipsverband einer genauen Prüfung zu unterziehen. Aber der dickliche Wärter, den seine Kollegen mit Pieper anredeten, klopfte mit seinem Schlagstock auf den Verband. „Runter mit dem Beton, Freundchen!"

„Das ist unmöglich!" protestierte Adi. „Der Knochenflicker im Hamburger Knast hat gesagt..."

„Geh mir nicht auf den Nerv, Freundchen! Falls du 'nen neuen Verband brauchst, kriegste den schon. Runter damit!"

„Ohne 'ne Gipssäge oder Hammer und Meißel geht das nicht. Oder soll ich den Gips vielleicht mit den Fingern abpulen?"

Pieper nahm eine drohende Haltung ein. „Werd hier bloß nicht frech, Bursche! Ich kann ganz leicht..."

„Was gibt es hier?" fragte plötzlich eine vertraute Stimme.

Adi drehte sich um – und da stand der Baron in der Tür, in einer brandneuen Uniform. Die Abzeichen auf dem Kragen wiesen ihn als Oberaufseher aus. Statt eines Schlagstockes hielt er seinen schwarzen Gehstock mit dem silbernen Knauf in der Hand – darauf hatte er nicht verzichten wollen. Ganz der Baron von eigenen Gnaden!

„Geben Sie mir mal seine Akte!" befahl Heiner von Hohenschlaufe, nachdem er sich mit unbewegtem Gesicht Piepers Beanstandung angehört hatte. Er überflog die getürkten Gefangenenpapiere und sagte schließlich: „Weiß gar nicht, was der Aufstand soll, Pieper! Hier steht doch klar und deutlich, daß der Gipsverband vom Gefängnisarzt in Gegenwart eines Aufsehers angelegt wurde. Es besteht also kein Grund, deswegen den ganzen Betrieb aufzuhalten."

„Wie Sie meinen“, murmelte Pieper.

„Dann machen Sie weiter“, trug der Baron ihm von oben herab auf. „Und passen Sie auf, daß uns die Neuen keine Läuse einschleppen. Eine Desinfizierungsdusche kann nicht schaden.“

Carlo wäre dem Baron beinahe an die Kehle gesprungen. Doch er beherrschte sich und warf ihm nur einen wütenden Blick zu, den Heiner von Hohenschlaufe mit einem spöttischen Lächeln erwiderte.

„Wir halten unseren Kopf hin, und der Baron stolziert wie aus dem Ei gepellt durch die Gegend und schikaniert uns noch“, schimpfte Carlo, nachdem man sie „entlaust“ hatte und nun – nur in

„Weiß gar nicht, was der Aufstand soll, Pieper!“ sagte der Baron gelassen

ein Badetuch gehüllt – in die Kleiderkammer führte. Ihre zivilen Kleidungsstücke hatten sie zuvor abgeben müssen. „Aber dem werde ich die Flötentöne schon beibringen, wenn wir hier erst wieder raus sind!"

Adi, Carlo und Tino gehörten zu den letzten, die ihre Anstaltskleidung ausgehändigt bekamen. Es waren verwaschene, grau-blau gestreifte Klamotten, die ihnen allen gleich mehrere Nummern zu groß waren. Der spindeldürre Mann, der ihnen die Sachen über die breite Holztheke reichte, war ein Kalfaktor, also ein Strafgefangener wie sie, der den Wärtern Hilfsdienste leistete und dadurch besondere Vergünstigungen genoß.

„In der Hose kann ich ja 'ne halbe Fußballmannschaft verstecken, und niemand würde was davon merken", murrte Adi und probierte die Schuhe an. „Sag mal, hältst du mich für 'nen Binnenschiffer, daß du mir solche Elbkähne andrehst?"

Der Kalfaktor zuckte grinsend die Achseln. „Die neue Lieferung Designer-Klamotten ist bei uns noch nicht eingetroffen, Kumpel. Ihr werdet euch schon damit zufriedengeben müssen. Es sei denn..."

Adi hob die Augenbrauen. „Es sei denn was?"

„Für 'n bißchen was extra könnte ich in meinen Sonderbeständen vielleicht was für euch finden", sagte der Kalfaktor. „Eine Hand wäscht die andere..."

„Wieviel?"

„Zwei Schachteln Hugos pro Nase ist der übliche Preis. Aber ich gebe euch Rabatt, Kumpel. Für vier Packungen kriegt ihr echt edlen Zwirn. Erstklassige Knastkollektion und brandneu!"

Adi der Trickser blickte sich vorsichtig um. Sie waren allein in der Kammer. Weit und breit war kein Wärter, im Jargon der Knastbrüder auch „Schließer" genannt, zu sehen. „Wann kommt der Schließer zurück?" fragte er.

„Alfons Pieper kriegt von jedem Geschäft seinen Teil", informierte ihn der Spindeldürre. „Der taucht erst wieder auf, wenn ich mit euch fertig bin. Diskretion, kapiert?“ Er grinste wieder. „Wir sind also ganz unter uns, Kumpel.“

Daß der Wärter Alfons Pieper seine Finger im Schwarzmarkt des Gefängnisses hatte, war eine wichtige Information. Adi nickte nun zustimmend. „Vier Schachteln Lullen sind okay“, sagte er.

„Aber bar auf die Theke des Hauses“, sagte der Kalfaktor. „Kredit gibt es nicht.“

„Eine Sekunde“, beruhigte Adi ihn und machte sich am Gipsverband zu schaffen.

Der Spindeldürre bekam große Augen, als Adi Ehrlich an der Unterseite des dicken Verbandes eine dünne Lage aufriß und mehrere Haken löste. Im nächsten Moment klappte der Gips auf und enthüllte sein erstaunliches Innenleben. Der Verband war nichts weiter als eine Attrappe, die innen hohl und mit allerlei Schmuggelgut gefüllt war. Sie enthielt unter anderem zehn Schachteln Zigaretten, auch Hugos, Lullen, Lungentorpedos oder Sargnägel genannt und eine der beständigsten Währungen in jedem Gefängnis der Welt.

„Himmelarschundzwirn!“ stieß der Kalfaktor beeindruckt hervor. „Das nenne ich ’nen sauberen Trick! Wo haste den her?“

„Eigener Geistesblitz“, erklärte Adi, zog sechs Schachteln hervor und legte sich den „Verband“ wieder an.

„Solltest das als Patent anmelden!“ Der Kalfaktor nahm vier Schachteln, ließ sie unter der Theke verschwinden und brachte ihnen dann neue Anstaltskleidung.

Adi, Carlo und Tino zogen sich an.

„Was ist mit diesen Hugos hier?“ fragte der Spindeldürre und deutete auf die beiden Schachteln, die noch immer dalagen.

Adi schob sie ihm zu. „Die sind für dich.“

„Wofür?“

„Du machst den Eindruck, als wüßtest du, was hier im Bunker Sache ist“, sagte Adi. „Kriegst bestimmt ’ne Menge zu hören.“

Der Kalfaktor nickte. „Kannste wohl sagen.“

„Meine Freunde und ich, wir sind neu hier", fuhr Adi fort. „Wir haben keinen Bock, uns erst auf die rauhe Tour mit den Verhältnissen vertraut zu machen. Ich will gleich von Anfang an wissen, wer hier von den schweren Jungs das Sagen hat, welcher Schließer 'ne offene Hand hat und wer mit wem auf Kriegsfuß steht."

„He, Mann, da biste bei mir an der richtigen Adresse", sagte der Kalfaktor und hielt ihm die Hand hin. „Heiße Sigi Sauer, aber alle nennen mich Spargel. Willkommen bei uns."

„Ich bin der Adi – und das sind meine Freunde Tino und Carlo."

Der Kalfaktor zeigte sich sehr gesprächig und war über die Verhältnisse des Knasts wirklich bestens informiert. Er gab einigen Zellenklatsch zum besten, warnte sie vor diesem und jenem Wärter und kam schließlich auch auf Ping-Pong zu sprechen.

„Der Dicke ist hier die große Nummer! Obwohl er erst ein paar Monate bei uns einsitzt, hat er sich schon den besten Posten in der Küche geangelt", berichtete Spargel. „Angeblich war er mal Koch. Vielleicht hat er früher Currywürste in 'ner Frittenbude verkauft, denn mit seinen Kochkünsten ist es nicht weit her. Aber es legt sich keiner mit ihm an, denn obwohl er reichlich Fett mit sich rumschleppt, ist er ein verdammt gefährlicher Bursche. Und um seine beiden Freunde und Leibwächter macht ihr besser auch 'nen großen Bogen. Mario Marotti heißt nicht von ungefähr hier bei uns ‚die Ratte'. Das ist ein heimtückischer Kerl! Und Kuno Kralle, auch ‚Nitro' genannt, ist nicht nur ein Sprengstoffexperte, sondern er hat auch Dynamit in den Fäusten."

„Werd's mir merken", versicherte Adi.

„Über unseren Oberschließer kann ich euch noch nicht viel sagen", fuhr Spargel fort. „Der ist ganz neu. Heute morgen erst gekommen. Ein merkwürdiger Bursche... Stolziert wie 'n angemalter Gockel durch die Gegend und schwingt sein Stöckchen, als wäre er hier beim Pferderennen von Ascot. Aber wenn ich mehr weiß, sage ich euch Bescheid."

„Wird nicht dein Schaden sein", versicherte Adi. „Und wenn du was zu hören bekommst, was die beiden Neuen – Bodo und Blacky – betrifft, laß es mich wissen. Mit denen habe ich noch 'ne Rechnung zu begleichen."

„Ist geritzt, Adi", sagte Spargel.

Alfons Pieper trat in die Kleiderkammer. „Schluß mit eurem Stehkonvent!" befahl er. „Packt eure Sachen und setzt euch in Bewegung! Eure Zelle wartet schon."

„Kann es gar nicht erwarten, unseren Käfig zu Gesicht zu bekommen", brummte Fassaden-Carlo und fragte sich, wie sie mit solch gefährlichen Verbrechern wie Ping-Pong, Nitro und Ratte fertig werden sollten.

Bombenerfolg für Bodo

Block C nannte sich der Trakt des Gefängnisses, in dem die Schwerverbrecher untergebracht waren. Auf drei Etagen reihten sich die Zellen aneinander, deren Türen alle auf einen breiten Gang aus Stahlgittern hinausführten. Zwischen den beiden gegenüberliegenden Zellenreihen im ersten und zweiten Stockwerk klaffte jeweils ein gut zehn Meter breiter Abgrund. Stand man im Obergeschoß am Geländer, konnte man auf die Zellen in der ersten Etage und im Parterre blicken. Breite Metalltreppen führten an mehreren Stellen ins Erdgeschoß hinunter, und Querstege verbanden die beiden Seiten eines jeden Stockwerks miteinander.

Kommissar Klicker hatte dafür gesorgt, daß Adi und seine Freunde Zellen in der ersten Etage zugewiesen bekamen. Bodo und Blacky erhielten auf der rechten Seite ganz in der Nähe eines Quersteges eine Zelle, während Adi, Tino und Carlo fast gegenüber eine Zelle bezogen. So war gewährleistet, daß sie sich gegenseitig im Auge behalten konnten. Die Zelle von Ping-Pong, Nitro und Ratte lag im zweiten Geschoß über der von Adi.

„Wenn das man... hicks... nicht ganz böse... hicks... ins Auge geht... hicks“, sagte Tino Tran und blickte sich mit düsterer Miene in der spartanisch ausgestatteten Zelle um. Drei Betten, zwei davon übereinander, ein Tisch, vier Stühle und ein leeres Wandregal mit einem alten Radio bildeten die gesamte Einrichtung.

„Wir haben alles bestens im Griff“, beruhigte Adi ihn. „Phase 1 unseres Plans hat vorzüglich geklappt.“

„Darf ich eure Unterhaltung für einen Moment unterbrechen?“ fragte plötzlich eine Stimme hinter ihnen.

Adi, Carlo und Tino wandten sich überrascht um. Kommissar Klicker stand in der offenen Zellentür. Im ersten Moment erkannten sie ihn nicht wieder. Eine Schwarzhaarperücke verdeckte seine Glatze. Auf der Nase saß eine Brille mit feinem Goldrahmen. Und er trug die schwarze Kleidung eines katholischen Geistlichen. Er hatte zwei Bibeln mit Goldrand bei sich.

„Kommen Sie nur herein, Pater“, brummte Carlo. „Wir können Ihren geistlichen Zuspruch verdammt gut brauchen.“

„Habe ich euch zuviel zugemutet?“ fragte der Kommissar besorgt und blickte Adi an.

„Alles halb so wild. Carlos Antipathie gegen gesiebte Luft verleitet ihn zu Übertreibungen. Nein, machen Sie sich um uns keine Sorgen. Wir haben alles unter Kontrolle. Wie ist es mit dem Baron gelaufen?“

Der Kommissar schmunzelte. „Er hat sich gleich richtig eingeführt. Er ist schon jetzt als arrogant verschrien; er spielt seine Rolle ausgezeichnet.“

„Ein bißchen zu ausgezeichnet für meinen Geschmack“, meinte Carlo. „Das mit dem Entlausen werde ich ihm so schnell nicht vergessen.“

„Entlausen?“ fragte Kommissar Klicker verständnislos.

„Nichts von Bedeutung, Kommissar. Sorgen Sie dafür, daß der Baron heute abend in der Kantine die Aufsicht hat“, trug Adi ihm auf. „Wir wollen keine Zeit verlieren. Es wäre außerdem ganz gut, wenn zumindest einer von Ping-Pongs Komplizen anderweitig aufgehalten wird, so daß er nicht eingreifen kann."

„Kein Problem. Das läßt sich arrangieren."

„Und geben Sie Blacky und Bodo Bescheid, daß sie ihre Sondereinlage schon heute abend im Speisesaal geben müssen."

Klicker nickte. „Ich werde ihnen gleich meine Aufwartung machen." Er legte eine Bibel auf den Tisch. „Es würde das Mißtrauen der anderen Gefangenen erregen, wenn ich zu häufig bei euch auftauche. Doch damit wir Kontakt miteinander aufnehmen können, habe ich mir das hier einfallen lassen." Er klappte den Deckel der Bibel hoch – und die Miniaturausgabe eines Walkie-

„Das nenne ich einen direkten Draht zum Herrn", meinte Carlo lächelnd

talkie, eines Sprechfunkgerätes, kam zum Vorschein. Der mittlere Innenteil des Buches war säuberlich herausgeschnitten worden, um Platz für das Gerät zu schaffen.

„Das nenne ich einen direkten Draht zum Herrn", meinte Carlo. „Moderne Fernsprechseelsorge."

„Das Gerät hat zwei Frequenzen", erklärte Klicker. „Ich habe sie markiert. Über Frequenz A erreicht ihr mich oder den Baron. Schaltet ihr auf Frequenz B um, könnt ihr mit Bodo und Blacky sprechen. Werde ihnen ihre Bibel gleich in die Zelle bringen."

„Ausgezeichnet!" sagte Adi anerkennend.

Kommissar Klicker wandte sich zum Gehen. „Also dann, viel Glück – und paßt auf euch auf!"

Es war sechs Uhr dreißig, und die Insassen von Block C strömten in den großen Speisesaal. Vor der Essensausgabe bildeten die Gefangenen eine lange Schlange. Rauhes Gelächter vermischte sich mit dem Geklapper von Tellern, Besteck und Metallbechern und den Flüchen der Ungeduldigen, denen es zu langsam voranging.

Hocherhobenen Hauptes stand der Baron in der Nähe des Haupteingangs, die Hände auf dem Rücken verschränkt und mit seinem Spazierstock rhythmisch gegen sein linkes Hosenbein schlagend. Sein Gesicht verriet nichts von seiner inneren Anspannung. Scheinbar gelangweilt blickte er über die Menge hinweg, während sich die Schlange langsam an der Theke der Essensausgabe entlangschob. Er hielt Ausschau nach Bodo und Blacky.

Die beiden ungleichen Freunde, die sich noch am Tag zuvor wegen der Gans Gertrude bitterböse in die Haare geraten waren und jetzt als Team zwei hartgesottene Knastbrüder mimen sollten, tauchten Augenblicke später im Speisesaal auf.

„Warte mal", sagte Bodo, als Blacky sich schon ans Ende der Schlange stellen wollte, und hielt ihn zurück.

„Was ist denn?" fragte Blacky verwundert.

Bodo druckste verlegen. „Mir... mir ist ein bißchen komisch

zumute", sagte er dann. „Hab ein richtig flaues Gefühl im Magen..."

„Kein Wunder", meinte Blacky. „Bei diesen Küchengerüchen könnte man Lust auf eine Null-Diät kriegen."

Bodo schüttelte den Kopf. „Nee, das meine ich nicht. Mir ist so flau, weil ich nicht weiß, ob ich der richtige Mann für die Sache bin."

„Du bist goldrichtig, Bodo! Du wirst gleich einen Bombenerfolg haben und diesen Knilchen zeigen, daß so ein Kerl wie Nitro im Vergleich zu dir nichts weiter ist als ein lahmer Knallfrosch", machte Blacky ihm Mut.

„Aber dieser Ping-Pong hat mir doch gar nichts getan", wandte Bodo verunsichert ein.

„Ping-Pong ist ein skrupelloser Verbrecher, ein Kidnapper, der nicht mal davor zurückschreckt, Kinder zu entführen!"

Bodo zog die Stirn kraus. „Dafür hat er aber doch seine Strafe erhalten, nicht wahr? Ist es da nicht unfair, wenn wir ihm jetzt auch noch..."

Blacky holte tief Luft und fiel ihm ungeduldig ins Wort. „Komm mir jetzt bloß nicht mit deinen moralischen Anwandlungen! Adi und Klicker zählen auf uns! Wir müssen die Sache durchziehen! Ping-Pong ist ein Gangster von der eiskalten, herzlosen Sorte – und ich habe gehört, daß er seine ganz eigene Methode hat, Geflügel für die Knastbrüder zuzubereiten."

„So? Wie denn?"

„Er tunkt sie bei lebendigem Leib in kochendheißes Wasser", log Blacky, denn es wurde ihm bewußt, daß er Bodo nur mit solchen Schauermärchen auf Hochtouren bringen konnte. „Dann dreht er sie halbroh durch den Fleischwolf. Und genau das würde er auch mit Gertrude anstellen, wenn sie ihm in die Hände fiele!"

Bodo wurde blaß im Gesicht. „Oh, das ist gemein!" stieß er erbost hervor.

„Geradezu tierisch ist das!" sagte Blacky mit Nachdruck und zog ihn nun in die Schlange. Als er über die Schulter zurückblickte, sah er Adi mit Carlo und Tino. Sie nickten sich kaum merklich zu. Dann wandte er sich wieder um.

Die Männer vor ihnen rückten weiter.

Schließlich erreichten sie die Essensausgabe. Zwei Küchengehilfen klatschten den Gefangenen die Portionen auf die Teller. Es gab Kartoffelbrei mit Sauerkraut und Fleischklößen sowie gemischten Salat und Wackelpeter als Nachtisch.

„Teller her!" muffelte der Küchenhelfer, als Blacky an der Reihe war.

„Immer langsam, Kumpel. Laß mal erst sehen, was für'n Fraß du da aus den Töpfen schaufelst", sagte Blacky laut und hoffte damit Ping-Pongs Aufmerksamkeit zu erregen. „Ihr müßt heute die falschen Kübel erwischt haben."

„Wie meinste das, Mann?" schnarrte der noch sehr jugendliche Küchengehilfe.

„Was du da im Schöpflöffel hast, sieht mir mehr nach Kraftfutter für Mastschweine aus, Kumpel. Wer das zusammengemanscht hat, versteht soviel vom Kochen wie 'n Schimpanse vom Flambieren."

Ping-Pong lehnte hinter der Essensausgabe an einer der langen Küchenanrichten und löste in einer Zeitung Kreuzworträtsel. Er war groß und massig, und die Fettrollen quollen ihm über den Hosengürtel. Sein Gesicht mit der Stummelnase und den breiten Bartkoteletten war so rund wie die Fleischklöße, die es an diesem Abend gab. Insgesamt machte er einen bulligen, gefährlichen Eindruck.

Neben ihm stand ein sehniger, mittelgroßer Mann mit beginnender Glatze und einem spitzen Gesicht, das starke Ähnlichkeit mit dem eines Frettchens aufwies. Das war zweifellos Mario Marotti – „die Ratte".

Die beiden Gangster drehten sich sofort um, als Blacky den Küchengehilfen so herunterputzte. Ping-Pong legte nun den Kugelschreiber aus der Hand und stieß sich von der Anrichte ab.

Blacky beobachtete ihn aus den Augenwinkeln. Und als der Kidnapper auf die Theke zukam, verstand Blacky, weshalb der Gangster auf den Spitznamen Ping-Pong hörte. Der Dicke bewegte sich beim Gehen wie ein Tischtennisball; jeder Schritt war wie ein komischer Hüpfer, als würde er mit nackten Sohlen über glühendheiße Kohle gehen.

„Hast du was zu melden, Mann?" fragte Ping-Pong mit drohender Stimme.

„Hast du vielleicht den Kleister zusammengerührt, Dicker?" fragte Blacky zurück und deutete auf den Kartoffelbrei in einem der tiefen Kübel.

Ping-Pong nahm dem Küchenhelfer die Schöpfkelle aus der Hand und stieß ihn zur Seite, als wollte er sagen: Diesen Stänkerer nehme ich mir selbst zur Brust... Er rannte die Kelle tief in den Brei und klatschte ihn auf Blackys Teller. Ein Gutteil davon landete auf Blackys Hand. Dann griff er mit den Fingern in den zweiten Topf und knallte ihm eine Handvoll Sauerkraut auf das Püree. Schließlich nahm er zwei Fleischklöße, drückte sie in den Brei und leerte eine Schale grünen Wackelpeter über das Ganze. Schadenfrohes Gelächter begleitete sein Tun.

„He, was soll das da vorn?" rief einer der Wärter, die zusammen mit Heiner von Hohenschlaufe im Speisesaal für Ruhe und Ordnung zu sorgen hatten. „Wenn das nicht sofort..."

Der Baron unterbrach ihn. „Was regen Sie sich so auf, Kollege? In solche Kleinigkeiten sollten wir uns doch nicht einmischen, finden Sie nicht auch?" Er tippte ihm dabei mit der Spitze seines Spazierstocks vor die Brust.

„Schon, Chef", sagte der Wärter verunsichert. „Aber wenn es zu einer Schlägerei kommt..."

„Ein bißchen Körperertüchtigung kann nie schaden. Und jetzt gehen Sie auf Ihren Posten zurück", wies der Baron ihn an. Achselzuckend wandte sich der Wärter um.

Es war ganz still geworden. Die Gefangenen hatten jedes Wort gehört und wußten nun, daß der Oberaufseher nicht einschreiten würde, sollte es zwischen Ping-Pong und dem Neuen zu einer handgreiflichen Auseinandersetzung kommen. Sie traten ein paar Schritte zurück und bildeten einen Halbkreis.

„Findest du das lustig, Dicker?“ fragte Blacky nun, den vollen Teller in der Hand.

„Das war heute Ping-Pongs Spezialarrangement! Das nächstemal gehst du nicht nur mit leerem Magen in die Falle, sondern kriegst auch noch ein paar auf die Nuß – kapiert!“

„Ich bin gerührt, Dicker“, erwiderte Blacky. „Doch bevor ich mir 'ne Vergiftung hole, möchte ich, daß du 'ne Kostprobe von deinem Spezialarrangement nimmst“, erwiderte Blacky und klatschte ihm den aufgehäuften Teller schwungvoll ins Gesicht.

Für einen kurzen Moment brandete schallendes Gelächter im Speisesaal auf. Doch das brach jäh ab, als Ping-Pong einen zornigen Fluch ausstieß, sich mit dem Arm über das verschmierte Gesicht fuhr und Blacky dann einen linken Kinnhaken verpaßte.

Blacky taumelte zurück und rieb sich das Kinn. Er blickte schnell zu Bodo hinüber, um ihm zu verstehen zu geben, daß er jetzt an der Reihe war.

Zögernd stellte sich Bodo nun zwischen seinen Freund und die Theke. „Das war nicht fair!“ sagte er vorwurfsvoll zum Gangster. „Dafür wirst du dich entschuldigen!“

Ping-Pong starrte ihn einen kurzen Augenblick verblüfft an, als könnte er nicht glauben, was Bodo gesagt hatte. „Schwing die Hufe, oder ich polier auch dir noch die Visage, Mecki!“ knurrte er ihn an.

Bodo schüttelte betrübt den Kopf. „Ich fürchte, ich komme wirklich nicht darum herum“, sagte er fast mehr zu sich selbst als zu seinem Gegenüber.

„Wovon sprichst du, Pimpf?“ schnarrte Ping-Pong.

Bodo wurde nun ärgerlich. „Niemand sagt Pimpf zu mir!“ warnte er.

„Spar dir den Atem, Pimpf, und troll dich!" herrschte Ping-Pong ihn an und wollte ihm die Schöpfkelle vor die Brust stoßen.

Doch Bodo schlug die Hand des Dicken zur Seite und sprang mit einem Satz zu ihm hinter die Theke. Ping-Pong ging sofort auf ihn los und rammte ihm die rechte Faust in den Magen. Doch Bodo zuckte nicht einmal mit den Wimpern. Er griff blitzschnell zu einem großen, schweren Topfdeckel. Als der Dicke erneut zuschlagen wollte, riß er den Deckel hoch und blockte den Schlag mit diesem Schild geschickt ab.

Es gab einen blechernen Laut, als Ping-Pongs Faust gegen den Deckel knallte. Er schrie vor Wut und Schmerz auf, rieb sich die Knöchel, dachte jedoch nicht daran, aufzugeben. Wie ein gereizter Bulle drang er auf seinen Gegner ein und drosch wild drauflos.

Doch es sah so aus, als würde er auf einen unempfindlichen Sandsack einschlagen. Bodo ließ ihn einen Augenblick gewähren, ohne sich von der Stelle zu rühren.

Schließlich wurde es ihm zu dumm. „Das reicht, Dicker", sagte er und donnerte ihm den Topfdeckel auf den Kopf, als wollte er ihn zur Besinnung bringen.

Ping-Pong kreischte vor ohnmächtiger Wut.

„Paß auf!" schrie Blacky.

Bodo fuhr herum. Mario Marotti hatte sich von hinten an ihn heranschleichen wollen. Er hielt in der erhobenen Rechten einen schweren Fleischklopfer – eine gefährliche Waffe.

„Immer der Reihe nach", sagte Bodo, überhaupt nicht erregt, sondern mehr ungehalten, während er den Arm von Marotti in der Luft abfing und ihm wie einem unartigen Kind auf die Hand schlug. „Du bist noch nicht dran. Ich bin mit dem Dicken noch nicht fertig. Also hab noch einen Moment Geduld..."

Ungläubiges Staunen trat auf das Gesicht von Ratte. Und bevor er noch etwas von sich geben konnte, hatte Bodo der Bomber ihn schon von den Füßen gehoben. Wie einen nicht übermäßig schweren Sack schleuderte er ihn über die Theke. Hart und auf allen vieren landete er auf der anderen Seite vor den Füßen der Schaulustigen auf dem Boden. Der hinterhältige Ganove gab einen verzerrten Fluch von sich und wollte aufspringen. Doch da war schon der Baron zur Stelle und setzte einen Schuhabsatz sanft auf das rechte

Vor Wut und Schmerz schrie Ping-Pong laut auf

Handgelenk des Gangsters.

„Du willst doch nicht zum Krankenfall werden, nicht wahr, Freundchen?“ fragte er mit warnendem Unterton in der Stimme und übte etwas Druck aus. „Ruh dich ein bißchen aus, Segelflieger.“

Die Ratte zuckte zusammen und blieb liegen, kalkweiß im Gesicht.

Bodo hatte sich inzwischen wieder dem Möchtegernkoch zugewandt, der die kurze Atempause genutzt und sich mit einem hohen Hocker bewaffnet hatte.

„Ich mach Hackfleisch aus dir, Pimpf!“ zischte er und holte aus.

Bodo duckte sich geistesgegenwärtig unter dem wuchtigen Hieb weg, und die Beine des Hockers zersplitterten an der Kante der Küchenanrichte.

„Das sieht mir mehr nach Kleinholz aus, Dicker“, sagte Bodo unbeeindruckt und wurde der Sache allmählich überdrüssig. Als sein Blick auf die großen Fleischerhaken fiel, die im hinteren Teil der Küche oben von der Wand hingen, wußte er, wie er die Angelegenheit am schnellsten beenden konnte.

Als Ping-Pong wieder angriff, verpaßte er ihm einen linken Schwinger vor die Brust. Der bullige Verbrecher wurde von diesem wuchtigen Schlag, der ihm den Atem raubte, nach hinten geschleudert. Er verlor das Gleichgewicht, ging zu Boden und rutschte noch ein paar Meter auf seinem Hosenboden über den glatten Küchenboden – genau dorthin, wo Bodo ihn haben wollte: unter die Fleischerhaken.

Ping-Pong wußte gar nicht, wie ihm geschah. Einen Moment lang hockte er am Boden, benommen und nach Atem ringend. Und im nächsten Augenblick zappelte er schon unter der Decke am Haken, nur von seinem ledernen Hosengürtel im Rücken gehalten.

„Höhenluft klärt ein vernebeltes Gehirn am besten“, sagte Bodo, rieb sich zufrieden die Hände und kehrte zu Blacky auf die andere Seite der Theke zurück, während Ping-Pong am Haken hin und her pendelte und Zeter und Mordio brüllte.

Blacky strahlte ihn an. „Nicht übel, Bodo, gar nicht mal so übel! Richtig was zum Warmwerden, nicht wahr?“

Die Gefangenen wichen respektvoll zurück, als Bodo zum Geschirrstapel ging, sich einen Teller nahm und so gelassen, als wäre gar nichts geschehen, fragte: „Krieg ich jetzt was zu essen? Ich hab Hunger.“

Das Gangster-Trio

Scheppernd flog die halbleere Dose mit gesalzenen Erdnüssen gegen die Zellenwand. „Blamiert habt ihr mich!“ brüllte Ping-Pong. Er war außer sich vor Wut. „Dieser Pimpf hat dich mit dem kleinen Finger zur Schnecke gemacht. Wie eine Flunder an Land hast du dagelegen, Ratte!“

„He, Boss, jetzt bleib mal mit den Galoschen auf dem Boden der Tatsachen!“ protestierte Mario Marotti. „Gegen diesen Bodo hast du auch nicht grade wie ’n Champion ausgesehen. Hast dich genauso von ihm einseifen lassen und dann wie ’ne flügellahme Fledermaus unter der Decke gebaumelt!“

Wütend reckte Ping-Pong sein massiges Doppelkinn vor. „Ich an deiner Stelle würde höllisch aufpassen, was für dumme Sprüche ich vom Stapel lasse, Ratte! Könnte sonst leicht passieren, daß du noch im Pensionsalter die Knastmatte drückst!“

„Willst du mir drohen, ohne mich von hier abzuhauen?“ fragte Ratte mit zusammengekniffenen Augen.

„Du sagt es.“

„Das soll wohl ein ganz blinder Witz sein, Ping-Pong... Wir haben das Millionen-Ei zusammen ausgebrütet und ins Nest gebracht!“ empörte sich Ratte. „Wir drei haben den Coup gelandet, und wir sitzen alle im selben Boot. Jeder von uns hat Anspruch auf seinen Anteil. Und wenn wir uns hier aus dem Knast absetzen, dann tun wir das alle zusammen. Ist das nicht so, Nitro?"

Der dritte Mann im Gangster-Trio, Kuno Kralle, lag ausgestreckt auf seinem Bett und schnippte ununterbrochen ein Geldstück mit Daumen und Zeigefinger in die Luft und fing es stets mit seinem Handrücken auf. Er war stämmig, muskulös und auf den Oberarmen tätowiert.

Nitro hatte dem erregten Wortwechsel zwischen Ping-Pong und Ratte schweigend zugehört. Nun schnippte er die Münze bis unter die Decke, drehte sich auf dem Bett herum und fing das Geldstück hinter seinem Rücken auf.

Er grinste. „Ich denke, Ratte hat diesmal die Kopfseite der Münze erwischt", sagte er mit der ihm eigenen gedehnten Sprechweise. „Mit anderen Worten, er hat recht, Boss. Wir haben das Millionen-Ding zusammen gedreht, wir sind zusammen im Bunker gelandet – und wir verdrücken uns auch zusammen von hier. So sehe ich das."

„Na also", sagte Ratte voller Genugtuung.

Ping-Pong stemmte die Fäuste in die Hüften. „Jetzt will ich euch mal was sagen, Laberköpfe. Das Millionen-Ei haben wir zusammen ausgebrütet? Von wegen! Habt ihr schon vergessen, wer den fertigen Plan auf den Tisch gelegt hat? *Ich* bin es gewesen, der die fette Suppe angerührt hat, ihr Klugscheißer! Ihr habt nur beim Ausschöpfen geholfen. Und wer von uns hat dafür gesorgt, daß die zweieinhalb Millionen den Bullen nicht in die Hände gefallen sind? Ich!"

„Aber du hast uns noch immer nicht gesagt, wo du den Kies versteckt hast", sagte Nitro muffig.

Ping-Pong lachte spöttisch auf. „Wenn ich das getan hätte, wären die Verstecke jetzt schon längst ausgeräumt. Ich kenne euch doch. Ihr hättet beim Verhör gesungen wie 'n Schwarm dressierter Kanarienvögel. Sogar auf die beiden Spitzel, die man im Knast auf uns angesetzt hat, seid ihr reingefallen. Und ohne mich würdet ihr doch bis zum Jüngsten Tag im Knast hocken", fuhr Ping-Pong fort, während er zum Wandregal ging, eine neue Dose Erdnüsse vom Brett nahm und den Deckel aufriß. „*Ich* habe Pieper eingekauft und dafür gesorgt, daß er mit Ausbruchsspezialisten draußen Kontakt aufnimmt und alles für den Ausbruch arrangiert. Ich bin hier der Boss, und das hat, verdammt noch mal, auch seinen guten Grund!"

„Da will ja auch keiner was dran drehen", sagte Nitro beschwichtigend. „Aber wir sind nun mal 'n Team, und jeder von uns hat seine Aufgaben..."

Ping-Pong ging erregt in der Zelle auf und ab und schaufelte Erdnüsse in sich hinein.

„Was steht jetzt an?" wollte Ratte wissen.

Der Dicke blieb stehen. „'ne dümmere Frage ist dir wohl nicht eingefallen, was? Was soll schon anstehen? Dieser Stinker Blacky und sein Gorilla haben mich vor allen Leuten bis auf die Knochen blamiert, Mann! Glaubst du, das nehm ich so einfach hin? Die beiden müssen schwer was auf die Nase kriegen!"

Nitro rieb sich das Kinn. „Weiß nicht, ob sich das noch lohnt, Boss... Wenn alles klappt, sind wir doch schon in ein paar Tagen hier raus. Warum da also noch groß Tango machen?"

„Du redest sauren Klee zusammen!" fauchte Ping-Pong erbost. „Glaubst du, ich lasse mir das bieten? Mir ist völlig schnuppe, ob wir morgen schon wieder draußen sind oder erst in ein paar Wochen, Nitro! Ich will, daß die beiden wünschen, sie wären nie geboren worden – ist das klar?"

Nitro zuckte mit den Achseln. „Ganz wie du meinst, Boss... Und wie hast du dir das vorgestellt?"

„Wie ihr die Sache einfädelt, ist euer Bier!"

„Wie weit können wir gehen?" fragte Ratte.

„Weit genug, um allen Knackis im Knast zu verstehen zu geben, daß es sich nicht lohnt, mir frech zu kommen", sagte Ping-Pong. „Aber nicht so weit, daß die Schließer sie ins Leichenschauhaus bringen müssen."

„Also ein längerer Aufenthalt im Krankenrevier tut's auch", stellte Ratte fest und lächelte. Je länger er darüber nachdachte, desto besser gefiel ihm die Vorstellung, die beiden Neuen in die Mangel zu nehmen.

„Wir sollten ihnen einen nächtlichen Besuch in ihrer Zelle abstatten", schlug Nitro vor. „Wird nicht schwierig sein, Pieper dazu zu überreden, uns dabei ein wenig zur Hand zu gehen."

Ping-Pong verzog das Gesicht. „Pieper, dieser Schleimer, wird dafür gleich zwei Riesen mehr verlangen. Risikozulage, wird er sagen. Aber das ist es mir wert. Ich werde sofort mit ihm sprechen. Ihr knöpft sie euch gleich heute nacht vor. Will ihre Gesichter morgen früh nicht in der Knastkantine sehen – verstanden!"

Nitro nickte. „Keine Sorge, Boss. Ihr Frühstück werden sie morgen schon aus der Schnabeltasse schlürfen..."

Zwei Ganoven tanzen Tango

Adi, Carlo und Tino saßen in ihrer Zelle am Tisch und spielten Karten, ohne sich wirklich auf das Spiel zu konzentrieren. Sie waren in Gedanken noch immer bei Blacky und Bodo, die vorhin im Speisesaal einen wirklich spektakulären Auftritt geboten hatten. Carlo und Tino waren nun längst nicht mehr so pessimistisch wie noch wenige Stunden zuvor.

„Möchte bloß wissen, was Blacky ihm vorgeschwindelt hat", sagte Fassaden-Carlo und spielte ein As aus. „So ohne weiteres wäre unser guter Bodo doch nicht derart in die vollen gegangen."

Was immer... hicks... Blacky ihm ins Ohr... hicks... geflüstert hat... hicks..., hat... hicks... gewirkt", sagte Tino.

Adi lächelte. „Ja, das war ausgezeichnete Arbeit! Hätte er Ping-Pong einfach zusammengeschlagen, hätte das nicht annähernd dieselbe demütigende Wirkung gehabt wie die Idee mit dem

Fleischerhaken."

Carlo lachte. „Und der Sturzflug von dieser Ratte war auch nicht von der übelsten Sorte – geradewegs vor die blankpolierten Lackschuhe vom Baron."

„Aber das... hicks... wird... bestimmt noch ein... hicks... Nachspiel haben", meinte Tino mit besorgter Miene.

„Logo wird es das, Tino!" sagte Carlo und schüttelte den Kopf. „Das war doch überhaupt der Sinn dieser Muskeleinlage!"

„Psst!" machte Adi. „Da kommt jemand!"

Schritte näherten sich draußen auf dem Gittergang ihrer Zelle. Im nächsten Moment schaute ein bekanntes Gesicht zu ihnen herein. Es war der Kalfaktor Spargel.

„Was dagegen, wenn ich euch 'n bißchen Gesellschaft leiste?" fragte er.

„Immer hereinspaziert, Kumpel!" rief Adi herzlich.

Spargel setzte sich zu ihnen an den Tisch und nahm einen kräftigen Schluck aus dem Flachmann, den Adi nun unter seiner Matratze hervorzog.

Sie tauschten ein paar Belanglosigkeiten aus, und dann kam Spargel auf den Zwischenfall im Speisesaal zu sprechen. „Ich kann immer noch nicht glauben, daß das wirklich passiert ist. Ping-Pong wie ein Schinken am Haken und Ratte auf allen vieren..."

„Ich dachte, Ping-Pong hätte hier das Sagen, Spargel", sagte Adi mit hochgezogenen Brauen. „Sah mir aber nicht so aus, als könnten der Dicke und Ratte den beiden Neuen das Wasser reichen."

„Okay, die erste Runde ist an sie gegangen", räumte der Kalfaktor ein. „Aber das hat nicht viel zu sagen, Adi. Entscheidend ist, wer das Match letztlich für sich entscheidet. Und da ziehen Blacky und Bodo garantiert die großen Nieten. Sich mit Ping-Pong anzulegen, ist für die weitere Lebenserwartung so gut wie 'n Kopfsprung vom Eiffelturm."

Adi gab sich skeptisch. „Kann nicht gerade behaupten, daß ich für diesen Mecki auch nur so viel übrig habe", sagte er und schnippte mit den Fingern, „aber Ping-Pong hat vorhin 'ne lausige Figur gemacht. Und ich wüßte nicht, wie er diese Schlappe wieder wettmachen könnte."

Spargel grinste breit. „Aber ich, Kumpel."

„So? Hast du was läuten gehört?" fragte Adi leichthin, als würde ihn das nur am Rande interessieren.

Spargel zögerte einen Moment mit seiner Antwort. Dann sagte er mit gesenkter Stimme: „Normalerweise halte ich ja das Maul, wenn mir jemand 'ne vertrauliche Information steckt. Aber da du mit den beiden ja auch Zoff hast, wie ich von den anderen Neuen gehört habe, kann ich es dir und deinen Kumpels ja ruhig flüstern."

„Das ist mächtig nett von dir, Spargel", sagte Adi und schob ihm noch mal den Flachmann zu.

Gluckernd ließ Spargel den Whisky seine Kehle hinunterlaufen. „Hab gerade mit Pieper abgerechnet. Du weißt ja, er ist hier der Schließer mit der offenen Hand. Hab ihn natürlich auch nach Ping-Pong gefragt..."

„Und?" fragte Carlo gespannt.

„Heute nacht bekommen die beiden was auf die Mütze", ließ Spargel die Katze aus dem Sack. „Pieper fädelt es ein. Er hat heute von zwei bis um sechs Blockaufsicht. Um drei läßt er Ratte und Nitro aus ihrer Zelle und bringt sie hier runter. Dann gibt es Tango, das sag ich euch! Bodo und Blacky werden hinterher verdammt alt aussehen. Nitro und Ratte werden den beiden keine Chance geben. – So, und jetzt muß ich 'ne Düse machen. In Zelle 37 startet gleich 'ne heiße Pokerrunde." Spargel erhob sich. „Okay, bis dann..."

Kaum hatte der Kalfaktor die Zelle verlassen, als Adi auch schon nach der Bibel griff und Tino auftrug, an der Türe Schmiere zu stehen. Er klappte das Buch auf, zog die kurze Antenne aus dem Miniaturgehäuse des Walkie-talkie und stellte die Frequenz B ein.

Blacky schien einen Anruf erwartet zu haben, denn er meldete sich sofort. „Na, wie war unsere Einlage?" fragte er mit Stolz in der Stimme.

„Lupenrein, Blacky. Wir haben den Fisch am Haken."
„Hast du schon was gehört?" fragte Blacky erwartungsvoll.
„Spargel hat mir was geflüstert", gab Adi durch. „Ping-Pong verliert keine Zeit, euch die Blamage heimzuzahlen."
„Wann, wie und wo?" fragte Blacky knapp.
„Heute nacht um drei schickt er seine Bluthunde los", berichtete Adi. „Pieper steckt mit ihnen unter einer Decke. Er läßt sie aus der Zelle, damit sie euch ihre Aufwartung machen können."
„Sollen nur kommen."
„Nimm die Sache nicht so auf die leichte Schulter! Nitro und Ratte sind verdammt gefährlich! Sie wollen euch fertigmachen, und das auf die ganz gemeine Tour."
„Mir wird schon was einfallen, wie wir ihnen den Spaß gründlich verderben können", sagte Blacky.
„Ich habe schon einen Vorschlag parat."
„Dann laß hören, Adi."
„Der Tanz soll nachts um drei losgehen. Nitro und Ratte müssen zu uns in den ersten Stock runter. Das ist ein ziemlich langer Weg über eine Menge Stahlgitter und Stufen. Deshalb gehe ich davon aus, daß sie wohl kaum mit ihren klobigen Knasttretern angelatscht kommen. Die Gefahr, daß sie zuviel Krach verursachen und ihr vorzeitig gewarnt seid, wäre zu groß. Ich vermute, daß sie sich daher sozusagen auf ganz leisen Sohlen anschleichen werden", sagte Adi und legte ihm seinen Plan auseinander.

Blackys gedämpftes Lachen drang aus dem kleinen Lautsprecher des Sprechfunkgeräts, als Adi geendet hatte. „Eine reichlich simple Idee, aber vermutlich sehr wirkungsvoll..., vorausgesetzt, du liegst mit deiner Vermutung richtig."
„Die Chancen stehen nicht schlecht, Blacky."
„Du hast recht. Wir werden es so machen, Adi. Ich nehme sofort Kontakt mit dem Baron oder mit Klicker auf, damit sie uns die notwendigen Utensilien beschaffen, die wir brauchen, um Nitro und Ratte ein unvergeßliches Erlebnis bieten zu können!"

Es war stockdunkel in der Zelle. Blacky drehte sich auf die Seite und zog den Wecker unter dem Kopfkissen hervor. Die phosphoreszierenden Zeiger standen auf zwanzig vor drei. Er richtete sich auf und stellte die Weckautomatik aus. Die Vorsichtsmaßnahme mit der Alarmuhr hätte er sich sparen können. Die Gefahr, einzunicken und den kritischen Augenblick zu verschlafen, hatte nicht bestanden. Er hatte Stunde um Stunde wach gelegen und sich auf seinem Bett hin- und hergewälzt. Nicht etwa aus Unruhe oder gar Angst vor dem, was auf sie zukam, sondern weil Bodo im Bett über ihm so laut schnarchte wie ein Grizzly im Winterschlaf. Kaum waren um zehn die Lichter in den Zellen ausgegangen, da hatte Bodo auch schon selig schnarchend in Orpheus' Armen gelegen.

Blacky schlug das Laken zurück und schwang sich aus dem Bett. Vorsichtig rüttelte er seinen bärenstarken Freund an der Schulter.

„Bodo... Wach auf! Hörst du mich? – Wach auf!"

Bodo fuhr aus dem Schlaf und richtete sich abrupt auf. Seine rechte Hand schoß vor und legte sich um Blackys Hals.

„Ich hab dich, du Schurke!" stieß er schlaftrunken hervor. „Anständigen Knastbrüdern den Schlaf zu rauben! Das wird dich teuer zu stehen kommen!"

„Bodo!" röchelte Blacky. „Nimm deine... Pranke von meiner Kehle!"

Bodo ließ ihn frei. „Oh... Du bist es ja bloß, Blacky. Tut mir wirklich leid! Ich dachte schon, wir wären umzingelt..."

„Okay, okay, bin ja noch halbwegs lebendig", brummte Blacky und massierte sich die Kehle. „Und jetzt leg dich wieder hin. Aber penn nicht ein, verstanden? Der Tanz kann jeden Augenblick losgehen."

Blacky legte sich auch wieder hin und tastete dann nach der dünnen Schnur, die am Kopfende seines Bettes am Boden endete. Sie lief unter dem Bett entlang bis zu einem Haken, den Blacky einen Meter vor der Tür über der Fußleiste in die Wand gedreht hatte. Von dort bog sie rechtwinklig ab und lief quer durch den

Raum zu einer dünnen Pappe, die etwa zwei Meter im Quadrat maß. Wenn er an der Leine zog, würde sich die Pappe aus der Zimmerecke rechts von der Tür genau vor den Eingang schieben. Die Pappe war mit unzähligen kleinen, aber spitzen Reißzwecken übersät, die Bodo und er aufgeklebt hatten. Und der Boden vor den Betten war ebenfalls mit Reißzwecken „vermint".

Doch auf die Reißzwecken allein hatte sich Blacky nicht verlassen wollen. Für den Fall, daß die Gangster doch nicht auf Socken in ihre Zelle geschlichen kommen würden, hatte ihnen der Baron zwei handliche Keulen beschafft: Es waren zwei lange, mit Sand gefüllte Wollstrümpfe.

„Hörst du was?" raunte Bodo aufgeregt.

„Nein."

„Ich auch nicht."

„Keine Sorge, Bodo. Sie werden schon kommen."

„Ist das mit den Reißzwecken nicht ein bißchen unfair?"

„Psst! Sei still!" flüsterte Blacky. „Ich glaube, sie kommen! Halt deine Keule bereit, Bodo. Und stell dich schlafend. Ein bißchen Schnarchen kann nicht schaden."

Die schwachen Geräusche, die von jenseits der Zellentür kamen, konnte man nur wahrnehmen, wenn man angestrengt in die Dunkelheit lauschte. Doch dann schnappte das Türschloß zurück!

Der kritische Augenblick war gekommen...

Nitro und Ratte standen dort draußen auf dem Gang, bereit, die Widersacher ihres Anführers unbarmherzig krankenhausreif zu schlagen. Und die entscheidende Frage lautete nun: Waren sie auf Socken gekommen oder nicht?

Mit angespannten Muskeln lag Blacky unter dem dünnen Laken. Seine rechte Hand hing aus dem Bett und hielt das Ende der Schnur, seine linke umklammerte den prall gefüllten Wollstrumpf. Mit halbgeschlossenen Augen schielte er zur Tür hinüber.

Einige scheinbar endlos lange Sekunden verstrichen. Dann schwang die Zellentür auf. Die Umrisse von zwei Gestalten zeichneten sich als dunkle Schatten im Rahmen ab. Lautlos und auf Zehenspitzen traten sie in die Zelle.

Blacky hielt den Atem an. Er war jetzt sicher, daß die Gangster keine Schuhe trugen. Gleich kriegt ihr euren Tango, ihr Halunken! dachte er mit grimmiger Erleichterung.

Nitro und Ratte blieben hinter der Tür kurz stehen, als wollten sie sich vergewissern, daß ihre Opfer auch schliefen. Bodo schnarchte laut und gleichmäßig.

„Okay, machen wir sie fertig!“ flüsterte Nitro seinem Komplizen zu.

Sie stürzten auf die Betten zu – und gerieten augenblicklich in das Meer von Reißzwecken. Sie schrien vor Schmerz und Schreck gellend auf, als sich die Spitzen durch die Socken in ihre Fußsohlen bohrten.

Blacky zog nun an der Schnur, und die Pappe schob sich genau in dem Moment hinter sie, als sie zurückwichen. Ihr Geschrei hallte durch den ganzen Block. Wie wild gewordene Derwische tanzten sie auf und ab. Und wohin sie auch traten, überall gerieten sie in die Reißzwecken.

„Schwing die Keule!“ rief Blacky und sprang aus dem Bett.

Bodo kam wie Superman vom Oberbett geflogen. „Haut den Lukas!“ brüllte er und knallte Nitro seine Keule auf den rechten Unterarm. Der Gangster ließ das Messer fallen, das er in der Hand gehalten hatte.

Blacky und Bodo hatten ihre Schuhe an, so daß ihnen die Reißzwecken nichts anhaben konnten. Sie verpaßten Nitro und Ratte nun eine verdiente Tracht Prügel. Ein Hagel von Hieben ging auf Arme und Beine der Verbrecher nieder, die so von Panik beherrscht waren, daß sie blindlings auf der Stelle tanzten, anstatt aus der Zelle zu flüchten.

„Da habt ihr euren Tango!“ rief Blacky. „Als Zugabe gibt es gleich noch ’ne Runde Boogie... Und jetzt raus mit euch!“

Sie trieben Ping-Pongs Komplizen aus der Zelle. Wimmernd und völlig erledigt gingen Nitro und Ratte auf dem Gang zu Boden. Sie hielten ihre Füße umklammert und verlangten mit weinerlicher Stimme nach dem Gefängnisarzt.

Wohin sie auch traten – überall Reißzwecken!

Das wüste Geschrei hatte das ganze Gefängnis aus dem Schlaf gerissen, und überall gingen die Lichter an. Alfons Pieper erschien auf der Bildfläche, entsetzt über den katastrophalen Ausgang der nächtlichen „Strafaktion“ gegen Bodo und Blacky. Der Baron war im nächsten Moment zur Selle und spielte seine Rolle als aufgebrachter Oberaufseher ausgezeichnet. Zornig scheuchte er Bodo und Blacky in ihre Zelle zurück. „Ihr werdet morgen ein verdammt unerfreuliches Gespräch mit dem Direktor haben!“ donnerte er und wandte sich dann Pieper zu. „Und Sie können sich auf ein Disziplinarverfahren wegen grob fahrlässiger Vernachlässigung Ihrer Aufsichtspflicht einstellen!“

„Mir ist völlig schleierhaft...“, setzte der korrupte Wärter zu einer Unschuldsbeteuerung an.

„Sparen Sie sich Ihre Ausflüchte, und sorgen Sie dafür, daß diese jämmerlichen Galgengesichter ins Krankenrevier kommen. Und zwar ein bißchen flott!“ herrschte der Baron ihn an.

Bodo und Blacky, im Hochgefühl ihres gelungenen Meisterstreiches, sammelten in ihrer Zelle die Reißzwecken vom Boden auf.

„Bodo, das haben wir astrein hingekriegt“, sagte der Ex-Hehler stolz, sank auf sein Bett und zog die schweren Schuhe aus. „Hast du gesehen, was für einen wilden Tanz die beiden hingelegt haben? Die sind gesprungen wie die Katzen auf dem heißen Blechdach!“

„Schade, daß Adi und die anderen das nicht mitbekommen haben“, bedauerte Bodo. „So einen Tango haben sie bestimmt noch nie gesehen!“

Blacky lachte fast übermütig. „Nitro und Ratte mögen ja ihre zweifelhaften Qualitäten als Gangster haben. Aber eines ist sicher: Zum Fakirleben sind sie bestimmt nicht geboren!“

Das schallende Lachen der beiden Freunde war im ganzen Block C zu hören. Und es brach erst ab, als der Baron mit der Faust gegen ihre Zellentür hämmerte und ihnen Sicherheitshaft androhte, falls sie nicht sofort Ruhe gaben.

Der Boss läßt bitten

Die Morgensonne stand schon über den Gefängnismauern, als die Wärter die Gefangenen für eine Stunde auf den großen, staubigen Hof hinausließen. Die Männer standen in kleinen Gruppen beieinander, tauschten Knastklatsch aus, informierten sich über Angebot und Preise des Schwarzmarktes oder gingen auch nur planlos auf und ab.

Adi stand mit Tino und Carlo im Schatten der hohen Mauer. Sie warteten auf das Erscheinen von Ping-Pong, Nitro und Ratte.

„Sind... hicks... längst... hicks... überfällig", sagte Tino und polierte seine dicken Brillengläser mit nervöser Betriebsamkeit.

„Sie werden schon auftauchen", meinte Adi gelassen.

Er behielt recht. Augenblicke später kam Ping-Pong in den Hof, gefolgt von seinen beiden Komplizen. Nitro und Ratte humpelten auf Krücken hinter ihrem finster dreinschauenden Boss her. Ihre Füße steckten in dicken Verbänden, und sie wagten kaum, den Boden mit den Zehenspitzen zu berühren.

Das Gangster-Trio war in den Augen der anderen schweren Jungs von Bodo und Blacky abserviert. Nitro und Ratte hatten von nun an nichts mehr zu melden, das konnte man den geringschätzigen und schadenfrohen Blicken entnehmen, mit denen die Männer im Hof die beiden bedachten. Und Ping-Pongs Ansehen war ebenfalls auf den Nullpunkt gesunken.

„Jetzt bin ich mal gespannt", murmelte Carlo und blickte zu Bodo und Blacky hinüber. Umringt von gut einem Dutzend Bewunderern, hielten die beiden Hof. Carlo sah, wie Blacky Bodo anstieß und auf das Ping-Pong-Trio deutete und etwas sagte, was Gelächter unter den Umstehenden hervorrief.

Bodo und Blacky lösten sich aus der Gruppe und gingen nun

lässig auf Ping-Pong zu, der so tat, als würde er sie nicht sehen. Die Gespräche auf dem Hof verstummten, und die Männer traten näher. Keiner wollte sich entgehen lassen, was zwischen den beiden Neuen und der Ping-Pong-Clique gesprochen wurde.

„Siehst 'n bißchen blaß um die Nase aus, Dicker", höhnte Blacky. „Und deine beiden Amateur-Gorillas machen auch nicht gerade den Eindruck, als hätten sie 'ne erholsame Nacht verbracht."

„Du stehst in der Sonne, Mann. Mach 'ne Mücke", grollte Ping-Pong, doch seiner Stimme fehlte der überzeugende drohende Unterton. Es war das Bellen eines zahnlosen Hundes.

„Du solltest mehr auf deine Gesundheit achtgeben, Flummi", mischte sich Bodo nun in das Gespräch ein. Seine Stimme klang so, als würde er mit vollem Mund sprechen. Er tippte ihm mit dem Zeigefinger vor die Brusttasche, in der eine Schachtel Zigaretten steckte. „Hugos machen nervös – ist bestimmt besser für dich, wenn ich sie an mich nehme."

Ping-Pong preßte die Kiefer hart aufeinander, und seine Augen funkelten vor Wut. Doch er unternahm nichts, als Bodo ihm nun mit einem breiten Grinsen die Zigarettenschachtel abknöpfte. Er wußte, daß er es mit ihm nicht aufnehmen konnte.

Adi trat nun aus dem Ring, den die Schaulustigen um sie gebildet hatten. „Steck die Lullen zurück, Mecki!" forderte er ihn auf.

„Hast du was zu melden?" fragte Blacky drohend.

„Du und dein Riesenbaby, ihr verpestet hier die Luft, wenn du es genau wissen willst", erwiderte Adi scheinbar streitlustig.

Blacky musterte ihn scharf. „Du machst dich unbeliebt, Freundchen. Rausch ab, oder Bodo arrangiert deine Knochen neu!"

„Euch Schießbudenfiguren ramme ich ungespitzt in den Boden!" tönte Adi und schlug Bodo die Zigarettenschachtel aus der Hand.

„Verpaß ihm 'nen Satz warme Ohren, Bodo!" rief Blacky und hoffte, daß sein Freund nicht vergessen hatte, wie die nun kommende Szene aussehen sollte.

Bodo griff an. Er schoß eine rechte Gerade ab, wie verabredet.

Adi duckte sich unter dem Schlag hinweg und hämmerte ihm eine schnelle Links-Rechts-Kombination in den Magen. Zumindest sah es so aus. In Wirklichkeit berührten seine Fäuste Bodos angespannte Bauchdecke nur ganz sanft.

Bodo war auf Draht. Er gab ein überraschtes Stöhnen von sich, klappte halb zusammen und taumelte zurück, als hätten ihn die Schläge voll erwischt.

Nun entspann sich eine scheinbar wüste Schlägerei zwischen Bodo dem Bomber und Adi dem Trickser. Für die Uneingeweihten hatte es den Anschein, als würden sie unbarmherzig aufeinander losgehen. Aber das war alles nur Schau. Keiner krümmte dem anderen auch nur ein Härchen. Doch es sah täuschend echt aus.

Adi trieb Bodo vor sich her, ein wenig von den Schaulustigen weg, denn das war notwendig für den zweiten Teil dieser Prügelei.

„Beim nächsten Schwinger legst du dich hin!" stieß Adi hinter zusammengepreßten Zähnen hervor.

„Klar doch, Adi", zischte Bodo zurück und ging filmreif zu Boden. Adi warf sich auf ihn, und sie wälzten sich durch den Dreck. Bodo stieß nun einen kleinen dünnen Plastikbeutel, der mit einer Mischung aus Ketchup und rotem Kirschsaft gefüllt war, zwischen den Zähnen hervor.

„Noch nicht!" flüsterte Adi ihm zu. „Zum Blutvergießen kommen wir gleich, wenn du hochkommst und ich dir zwei Schwinger auf den Mund verpasse."

Bodo zog den Beutel wieder in den Mund zurück. „Beeil dich, sonst verschlucke ich das Ding mitsamt den falschen Zähnen", murmelte er.

Adi tat nun so, als würde er einen mächtigen Schwinger von ihm einstecken. Er ließ von ihm ab und krümmte sich keuchend am Boden, während Bodo auf die Füße kam. Dann rappelte auch er sich wieder auf, blockte Bodos nächsten Scheinangriff ab und donnerte ihm zwei trockene Gerade auf den Mund.

Bodo stieß einen gurgelnden Laut aus, biß auf den Beutel im

Mund und preßte die rote Flüssigkeit hervor. Wie Blut rann der Kirsch-Ketchup-Saft zwischen seinen Lippen hervor, während er scheinbar böse angeschlagen rückwärts taumelte. Er spuckte zwei falsche Zähne aus. Dann gab Adi ihm den Rest. Ein solider Kinnhaken schien Bodo von den Füßen zu heben. Er schrie auf, spie noch einen Rest falsches Blut aus und sackte mit verdrehten Augen in sich zusammen.

„Soviel zum Thema warme Ohren!" sagte Adi mit lauter Stimme und rieb sich die Knöchel, während er sich Blacky zuwandte, der ungläubig dreinschaute. „Haste noch 'nen Wunsch, den ich dir erfüllen kann, Kleiner?"

„N... n... nein", stammelte Blacky. „War ja nicht persönlich gemeint... 'n Mißverständnis, okay?"

Adi spuckte verächtlich aus, als Blacky nun einen großen Bogen um ihn machte und sich zu Bodo hinkniete. Hastig wischte er ihm das falsche Blut vom Gesicht und sammelte die Plastikzähne auf. Und keiner sah, daß er Bodo dabei fröhlich zuzwinkerte.

Alles hatte ausgezeichnet geklappt. Die Gefangenen hatten mit ungläubigem Staunen und wachsendem Respekt für Adi zugeschaut, wie er Bodo den Bomber mit unglaublicher Schlagkraft scheinbar in der Luft zerpflückte. Bodo hatte ausgebombt. Und nun war der Weg frei für Adi. Von jetzt an war er die große Nummer im Knast.

Noch am selben Vormittag kamen Nitro und Ratte in die Zelle von Adi, Tino und Carlo gehumpelt. Sie überbrachten eine Einladung von Ping-Pong.

„Unser Boss läßt anfragen, ob ihr nicht vielleicht Lust hättet, auf 'nen Schluck Brandy zu ihm in seine Bude zu kommen", sagte Ratte mit einem gequälten Lächeln. Ganz offensichtlich empfand er diese Einladung als Armutszeugnis für sich und Nitro.

Adi hatte damit gerechnet, daß Ping-Pong früher oder später Kontakt mit ihm aufnehmen würde. Doch er zeigte sich überrascht und für einen kurzen Moment unentschlossen.

„So..., auf 'nen Schluck Brandy", wiederholte er und blickte seine beiden Freunde fragend an.

Carlo zuckte mit den Achseln. „Warum nicht, Adi? Gegen einen guten Schluck ist nichts einzuwenden."

Tino pflichtete ihm bei. „Carlo hat... hicks... recht. Verdammt trockene... hicks... Luft hier im... hicks... Knast."

„Okay, wir kommen auf 'ne kurze Spülung", sagte Adi salopp.

Ping-Pongs Bude entpuppte sich als gemütlich eingerichtetes Zimmer im Komplex der Küchenräume. Der Gangster hatte es wirklich verstanden, sich außergewöhnliche Privilegien zu verschaffen, sicherlich mit tatkräftiger Unterstützung von Alfons Pieper.

Der fette Gefangene stemmte sich eiligst aus einem der abgewetzten Cordsessel und begrüßte Adi mit überschwenglicher Freude.

„Nur hereinspaziert, Adi! Irre nett, daß du mit deinen Jungs gekommen bist! Ihr bringt richtig Glanz in meine bescheidene Bude! Macht es euch bequem." Er wies auf die Sessel und herrschte dann Nitro und Ratte an. „Braucht ihr vielleicht 'ne schriftliche Aufforderung? Schafft was auf den Tisch, aber vom Feinsten – und ein bißchen flott!"

Mit grimmigen Mienen stellten Nitro und Ratte Gläser auf den Tisch und verließen dann den Raum, um die versteckte Flasche Brandy zu holen.

„Elende Krücken!" knurrte Ping-Pong. „Weiß gar nicht, weshalb ich sie in meinem Kielwasser schwimmen lasse. Haben nicht mehr Grips im Kopf als in 'ne Trockenerbse paßt!"

„Scheinen in letzter Zeit einfach 'ne Menge Pech gehabt zu haben", sagte Adi, als läge ihm nichts daran, sie herunterzumachen.

Ping-Pong schnaubte verächtlich. „Von wegen Pech! Hornochsen sind das. Zu dumm, um 'n Loch in den Schnee zu pinkeln. Bis auf die Knochen haben mich diese Hohlköpfe blamiert. Und wenn du diesem Muskelprotz heute nicht ordentlich Zunder gegeben hättest..."

Adi wehrte bescheiden ab. „Nicht der Rede wert."

„O doch!" versicherte Ping-Pong. „War 'ne mächtig beeindrukkende Vorstellung, die du da hingelegt hast, da gibt es nichts!"

„Er hat das Maul zu weit aufgerissen und gekriegt, was er verdient hat", sagte Adi grimmig. „Kann es einfach nicht ab, wenn sich so ein mieser Kirmesboxer, der in einem drittklassigen Nepplokal den Rausschmeißer vom Dienst gemimt hat, wie Al Capone gebärdet und echten Profis was erzählen will."

Mit überschwenglicher Freude wurde Adi von dem Gangster begrüßt

„Mit deinem Eingreifen hast du mir einen verdammt großen Gefallen getan“, gestand Ping-Pong. „Bin dir jetzt auch einen schuldig.“

„Ach was“, winkte Adi ab. „Profis wie wir müssen zusammenhalten. Außerdem war's mir ein Vergnügen.“

Tino, der ebenfalls Eindruck schinden und den Abgebrühten spielen wollte, nickte und sagte in lässigem Ganovenjargon: „Wenn Adi sich... hicks... diesen Westentaschen-Ali nicht zur Brust... hicks... genommen hätte, ...hicks... hätte ich ihm... hicks... das Maul gestopft.“

„*Du* hättest ihm das Maul gestopft?“ fragte Ping-Pong ungläubig.

„Tino sieht vielleicht ein bißchen unterbelichtet aus, aber ich würde keinem raten, sich mit ihm anzulegen“, log Adi rasch. „Tino ist mit seinen Handkanten schneller und tödlicher als so mancher mit dem Ballermann.“

Überrascht zog der Dicke die Brauen hoch. „Karate?“ fragte er respektvoll.

„Ja, und dazu noch schnell wie der Teufel“, versicherte Adi.

„Ganz schwere Jungs, he?“ Ping-Pong meinte das als großes Kompliment.

„Man tut, was sich drehen läßt“, erwiderte Adi grinsend.

„Will nicht aufdringlich sein, Adi. Aber würde mich schon interessieren, zu erfahren, weshalb man dich und deine Jungs eingebuchtet hat.“

„Kein Staatsgeheimnis“, sage Adi komplizenhaft. „Bewaffneter Banküberfall mit Geiselnahme... aber wenn die Burschen glauben, wir würden unsere fünfzehn Jahre still und friedlich absitzen, haben sie sich geschnitten – und die Rechnung ohne Adi gemacht.“

„Schon auf dem Sprung, was?“ fragte Ping-Pong mit verschwörerischem Augenzwinkern.

„Ist alles in der Mache“, erwiderte Adi gleichmütig, als wäre ihr Ausbruch aus dem Knast nur eine Frage gründlicher Planung.

„Du gefällst mir, Adi!“ Ping-Pong gab ihm einen Stoß in die

Rippen, als wären sie langjährige Freunde. „Endlich mal jemand von echtem Kaliber in diesem Affenstall drittklassiger Ganoven."

Nitro und Ratte kehrten nun mit der Flasche Brandy zurück, und das Gespräch nahm eine andere Wendung. Ping-Pong plauderte aus seinem bewegten Verbrecherleben und prahlte mit seinem Vorstrafenregister, das angeblich so lang war wie die chinesische Mauer. Adi revanchierte sich mit einigen Glanzlichtern aus seiner „aktiven" Ganovenzeit. Auch Tino und Carlo steuerten Geschichten bei. Und während Ping-Pong mehr und mehr auflebte, weil er glaubte, gleichgesinnte Freunde mit hochkarätiger Ganovenvergangenheit gefunden zu haben, wurden Nitro und Ratte immer einsilbiger.

Finster und feindselig
starrten Nitro und Ratte vor sich hin

Schließlich beteiligten sie sich überhaupt nicht mehr an der Unterhaltung. Und ihre finsteren, fast feindseligen Mienen sprachen für sich. Sie befürchteten, Ping-Pong könnte sie ausbooten und gemeinsame Sache mit Adi und seinen beiden Komplizen machen.

Nitro und Ratte ahnten nicht, wie richtig sie mit ihrer stillen Befürchtung lagen. Einen Keil zwischen Ping-Pong und seine Spießgesellen zu treiben, war genau das, was Adi der Trickser vorhatte.

Der Köder

„Die Zeit arbeitet für uns", sagte Adi zu seinen Freunden, als sie ihn noch am selben Tag drängten, Ping-Pong zu einer Pokerrunde in ihre Zelle einzuladen. „Er kommt schon von sich aus, wartet es nur ab! Legt bloß keine falsche Hektik an den Tag. Genau das könnte sein Mißtrauen erregen."

Adi war mit dem, was sie innerhalb von vierundzwanzig Stunden erreicht hatten, vollauf zufrieden. Die Weichen waren gestellt. Jetzt hieß es, einen weiteren Köder für Ping-Pong auszulegen.

Doch für seinen neuen Schachzug brauchte Adi einige spezielle Informationen über den dicken, erdnußsüchtigen Verbrecher. Der einzige, der ihm diese Informationen auf die schnelle beschaffen konnte, war Kommissar Klicker. Über Walkie-talkie nahm er Kontakt mit ihm auf und gab ihm seine Wünsche durch. Klicker versprach, ihm schon am nächsten Tag die notwendigen Auskünfte heimlich zukommen zu lassen. Und er hielt sein Versprechen.

Die folgenden Tage zeigten, daß Adi Ehrlich den Gangster richtig eingeschätzt hatte. Ping-Pong hatte nach den beiden verheerenden Schlappen für seine ehemaligen Komplizen nicht mehr viel übrig. Nitro und Ratte waren bei ihm unten durch. Immer häufiger suchte er die Gesellschaft von Adi, dem neuen starken Mann von

Block C, und seinen beiden Freunden. Er sorgte auch dafür, daß Pieper die drei dem Küchendienst zuwies, so daß sie mehr Zeit miteinander verbringen konnten. Seine beiden Komplizen Nitro und Ratte strafte er mit völliger Nichtachtung. Und insgeheim grübelte er darüber nach, wie er sich ihrer entledigen und sie um ihren Anteil bringen konnte. Ping-Pong wußte, daß Adi ihm wahrscheinlich einen hilfreichen Tip würde geben können. Doch noch war er nicht dazu bereit, mit seinen neuen Freunden offen über die versteckten zweieinhalb Millionen und seinen Ausbruchsplan zu reden.

Adi brachte das Gespräch nie auf das Geld, sondern erweckte in Ping-Pong auf geschickte Weise den Eindruck, als wäre er damit beschäftigt, einen Plan für einen Super-Coup auszubrüten.

Am vierten Tag ihrer „Freundschaft" überraschte Adi ihn mit einer detaillierten Frage über einen Raubüberfall, den Ping-Pong vor mehr als fünf Jahren im Raum Frankfurt begangen hatte.

„Hat dich dieser Bobby übers Ohr gehauen?" fragte Adi, ohne sonderlich interessiert zu klingen.

Der Gangster blickte ihn verblüfft an. „Woher weißt du von Bobby?"

Adi zuckte mit den Achseln. „Von dir. Du hast gerade im Schlaf von Bobby gesprochen." Ping-Pong hatte die Angewohnheit, nach dem Mittagessen in seiner Bude ein kurzes Nickerchen zu halten. Und das paßte ausgezeichnet in Adis Plan.

„Ich habe im Schlaf geredet?" Ping-Pong richtete sich im Sessel auf und schüttelte verwirrt den Kopf.

„Ja, hast irgend etwas von Diamanten und einem Bobby vor dich hin gemurmelt, der sich mit den Steinen absetzen wollte."

Ping-Pong griff zur Erdnußdose und langte kräftig zu. Er kaute mit finsterer Miene. „Verdammt merkwürdig", sagte er dann mit vollem Mund. „Nitro und Ratte haben mir noch nie gesagt, daß ich im Schlaf rede."

„Vielleicht ist es ihnen gar nicht aufgefallen", meinte Adi gleichgültig. „Manchmal redet man im Schlaf und manchmal nicht. Also was soll's..."

„Hm", machte Ping-Pong nur.

Adi sah ihm an, daß ihm der Gedanke, im Schlaf geheime Informationen auszuplaudern, überhaupt nicht gefiel. Ohne Zweifel dachte er an die zweieinhalb Millionen, deren Versteck seinen ehemaligen Komplizen unbekannt war. Und ihn quälte nun die Frage, ob er Nitro und Ratte das Versteck im Schlaf nicht längst verraten hatte und sie nur so taten, als wüßten sie von nichts.

Zwei Tage später wiederholte Adi dieses Spiel mit einer anderen Information, die Klicker ihm besorgt hatte. Obwohl es sich dabei nur um eine lächerliche Kleinigkeit handelte, wurde Ping-Pong bleich vor Schreck. Er glaubte nun absolute Gewißheit zu haben, daß er wirklich im Schlaf redete. Adi hatte ihn jetzt genau da, wo er ihn haben wollte.

Am selben Abend meldete sich Adi bei Blacky über Sprechfunk, um ihn über den neuesten Stand im Fall Ping-Pong zu unterrichten.

„Wird verdammt Zeit, daß die Sache ins Rollen kommt", sagte Blacky mit unverhohlener Erleichterung in der Stimme, als er hörte, daß jetzt alles für den letzten Schlag vorbereitet war. „Mir reicht's allmählich."

„Was ist? Hat dich der Knastkoller vielleicht schon erwischt?" spottete Adi.

„Du hast gut reden, Adi! Hast du schon mal eine Zelle mit Bodo geteilt – und das für eine Woche?"

„Das Vergnügen hatte ich bisher nicht."

„Von wegen Vergnügen! Den lieben langen Tag nervt er mich mit herzzerreißenden Geschichten über seinen Kater Al Capone und die elende Gans Gertrude!" beklagte sich Blacky. „Angeblich hat er Heimweh nach ihnen."

„Blacky...", begann Adi begütigend.

Doch Blacky war richtig in Fahrt gekommen und ließ sich von Adi nicht stoppen. „Aber das ist ja noch nicht einmal das Schlimmste!“ fuhr er fort. „Ständig drängt er mir irgendein beknacktes Spiel auf. Mal ist es Schach, mal Mau-Mau und dann auf einmal Monopoly. Wenn er sich wenigstens noch an die Regeln halten würde! Aber nicht unser guter Bodo! Beim Schach jagt er mit ’nem simplen Bauern wie eine angestochene Wildsau über das Brett, als wären die Bauern Sprinter in einem Querfeldeinrennen. Und beim Monopoly kassiert er von mir Wegzölle, daß dir die Augen aus dem Kopf fallen. Er nimmt mir an irgendeiner Stelle Tausende ab, obwohl er da überhaupt kein Haus oder Hotel drauf stehen hat. Und seine Forderung begründet er dann damit, daß die Landschaft gerade wegen der Nichtbebauung so kostbar sei. Adi, stell dir das mal vor!“

Adi unterdrückte ein schallendes Gelächter. „Halte noch eine Nacht durch, Blacky. Wenn uns keine Panne unterläuft, bist du morgen abend schon erlöst.“

„Das hoffe ich auch, Adi“, brummte Blacky. „Noch ein paar Tage zusammen mit Bodo, und ich bin total ergraut.“

„Keine Sorge“, erwiderte Adi. „Morgen nehmen wir Ping-Pong-Pudlowski hoch und erleichtern ihn um zweieinhalb Millionen!“

Ping-Pong packt aus

Die Sonne hatte ihren höchsten Punkt am wolkenlosen Himmel erreicht, als die Alarmsirenen im Gefängnis aufheulten. Das durchdringende, an- und abschwellende Jaulen zerriß die träge mittägliche Stille und hallte ohrenbetäubend durch die Gänge.

Wärter hasteten wie aufgescheuchte Hühner hin und her. Scharfe Befehle mischten sich mit dem schrillen Heulen der Sirenen. Die Gefangenen mußten auf der Stelle in ihre Zellen zurückkehren.

Adi, Tino und Carlo saßen bei Ping-Pong in der Zelle, als der Alarm ausgelöst wurde.

„Mich laust der Affe kreuzweise!“ stieß Carlo hervor. „Da muß jemand den Knast ohne gültigen Passierschein verlassen haben!“

„Verdammt, das hat mir gerade noch gefehlt!“ fluchte Ping-Pong.

Adi runzelte plötzlich die Stirn. „Sag mal, wo stecken überhaupt Nitro und Ratte? Hab sie seit heute morgen nicht mehr zu Gesicht bekommen.“

Ping-Pong begriff sofort. Von einem Augenblick auf den anderen wich die Farbe aus seinem Gesicht. Sein Mund klappte auf, und er schnappte nach Luft – wie ein fetter Karpfen an Land. „Nein... Das kann nicht sein!“ brachte er dann mühsam keuchend hervor.

Alfons Pieper stürzte in die Zelle. „Los, ab in eure Zelle!“ rief er Adi und seinen Freunden atemlos zu. „Gleich wird durchgezählt!“

„Ist wer getürmt, Pieper?“ fragte Ping-Pong mit krächzender Stimme.

„Glaubst du vielleicht, das ist 'ne Trockenübung?“ fragte der Wärter zurück.

„Wer?“ keuchte der Gangster.

„Dreimal darfste raten!“

„Ratte und Nitro?“

Der Wärter nickte. „Sie haben sich von irgendwoher Uniformen besorgt, den neuen Geistlichen gekidnappt und sind mit ihm am Steuer seines Wagens durch das Tor gerauscht.“

Ping-Pong sackte wie ein Häufchen Elend in sich zusammen. Sein Gesicht schien einzufallen, und er würgte, als müßte er sich jeden Moment übergeben.

Pieper erinnerte sich, daß er Befehle auszuführen hatte. „Ab in eure Zelle!“ sagte er barsch zu Adi.

Wenig später wurde durchgezählt. Nur Ratte und Nitro fehlten. Die Sirenen erstarben. Eine merkwürdige Stille trat ein. Niemand durfte seine Zelle ohne ausdrückliche Erlaubnis verlassen.

Adi, Tino und Carlo versuchten sich die Wartezeit mit einem Kartenspiel zu vertreiben. Doch sie packten die Karten bald wieder weg. Keiner von ihnen war dafür in Stimmung. Die Ungewißheit zehrte an ihren Nerven. Würde Ping-Pong nach dem vorgetäuschten Ausbruch seiner Komplizen zu ihnen kommen und Adi um Hilfe bitten, wie es ihr Plan vorsah? Würde er es wagen, alles auf eine Karte zu setzen?

Über eine Stunde verging. Allmählich wurde sogar Adi unruhig. Dann öffnete sich plötzlich die Zellentür. Der fette Gangster schlüpfte zu ihnen herein, und sie sahen kurz das Gesicht von Pieper.

„He – ich dachte, niemand dürfte seinen Käfig verlassen?“ tat Adi freudig überrascht.

„Pieper steht auf meiner Lohnliste“, erklärte Ping-Pong. Er sprach hastig, als hätte er keine Zeit zu verlieren. Man sah ihm an, daß er unter einem starken innerlichen Druck stand. „Fünfzig Riesen hat er eingesackt. Dafür muß er schon was bringen.“

„Du hast dem Schließer fünfzigtausend Mäuse in den Rachen geschmissen?“ fragte Carlo mit ungläubigem Staunen.

Ping-Pong gab einen schweren Seufzer von sich. „Ich will euch erzählen, wie alles zusammenhängt. Also, als wir letztes Jahr dieses Millionen-Ding drehten und uns die Bullen so nah auf den Fersen waren, konnte ich das Lösegeld noch rechtzeitig in Sicherheit bringen, bevor sie uns stählerne Armbänder anlegten. Hundert Riesen versteckte ich jedoch getrennt vom Rest. Nitro und Ratte wußten nicht, wo ich die Millionen auf Eis legen würde. Und ich hab's ihnen auch hinterher nicht gesagt.“

„Kann mir denken, daß sie das nicht gerade als Beweis großen Vertrauens ausgelegt haben“, warf Adi spöttisch ein.

„Stinksauer waren sie“, gab Ping-Pong zu. „Aber ich habe schon damals geahnt, daß auf die beiden Krücken kein Verlaß ist. Und so habe ich das Geheimnis für mich behalten. Als wir dann in den Knast kamen, habe ich erst mal 'n paar Monate verstreichen lassen und die Lage sondiert. Die Bullen versuchten natürlich mehrmals, mich auszutricksen. Aber diesen faulen Eiern bin ich nicht aufgesessen.“

Carlo lachte spöttisch.

Der Gangster glaubte wohl, der Spott bezöge sich auf die erfolglosen Versuche seiner scheinbar einfältigen Widersacher, denn er grinste breit. „Na ja, und dann kam ich dahinter, daß Pieper ein verdammt krummer Hund ist und daß er genauso scharf auf die schnelle Kohle ist wie wir. Ich hab ihm ein Angebot gemacht, und er hat sofort eingeschlagen."

„Ein ganz schön stolzer Preis für 'ne simple Fluchthilfe", meinte Adi.

„Zum Teufel, ich wollte aus dem Bau raus, und zwar schnell", erwiderte der Gangster. „Über Pieper habe ich dann Kontakt mit 'n paar Ausbruchsspezialisten aufgenommen, den drei Bonzo-Brüdern – Jo, Gunnar und Eddy. Jo, der ältere von ihnen, hat die hunderttausend aus dem Versteck geholt und Pieper ausgezahlt."

„Was für einen Plan habt ihr denn ausgetüftelt?" wollte Adi nun wissen.

„Einen absolut idiotensicheren!" schwärmte Ping-Pong, und sein Gesicht hellte sich für einen Moment auf. „Die Bonzo-Brüder präparieren in ihrer Werkstatt einen dieser Gefängnislieferwagen und bauen hinten unter der Ladefläche einen doppelten Boden ein."

„Genial!" sagte Adi bewundernd. „Pieper überwacht gewöhnlich die Lieferungen für die Küche. Also keine Schwierigkeit, in den Hohlraum zu kriechen und aus dem Knast zu kommen!"

Ping-Pong nickte. „Genauso war es geplant – und zwar für morgen. Doch ich kann nicht mehr bis morgen warten – Nitro und Ratte wissen, wo das Geld vesteckt ist! Sonst hätten sie sich nicht so plötzlich im Alleingang abgeseilt. Diese verfluchten Verräter haben garantiert vor, das Versteck auszuräumen und mich im Regen stehenzulassen. Wahrscheinlich haben sie mich im Schlaf belauscht. Ich muß ihnen daher zuvorkommen – noch heute!"

„Wie willst du denn das anstellen?" fragte Adi. „Nitro und Ratte haben doch jetzt schon einen Vorsprung von mehreren Stunden. Wenn sie vom Versteck wissen, ist der Kies jetzt doch längst weg."

Heftig schüttelte der Gangster den Kopf. „Ich hab noch 'ne Chance, mit ihnen gleichzuziehen. Pieper hat mir erzählt, daß sie mit dem Wagen nicht weit gekommen sind. Der Pfaffe hat die Kiste in den Graben gefahren. Achsbruch... Sie sind dann zu Fuß getürmt. Und da ihre Flucht schnell bemerkt wurde, haben die Bullen den ganzen Bezirk noch rechtzeitig abriegeln und Straßensperren errichten können. Pieper hat das aus erster Hand, nämlich von diesem Fatzke, dem neuen Oberaufseher. Nitro und Ratte werden Stunden brauchen, um aus dem Sperrgebiet zu kommen – falls sie nicht schon vorher geschnappt werden."

„Dann sieht es ja wirklich nicht ganz so finster für dich aus, wie ich zuerst gedacht habe", sagte Adi.

„Pieper hat mit den Bonzos telefoniert. Der präparierte Lieferwagen ist fertig. In zwei Stunden fangen sie den wirklichen Lieferanten ab und holen uns hier raus."

„Uns?" fragte Tino gedehnt.

„He, warte mal!" rief Adi. „Wie kommst du darauf, wir würden zusammen mit dir verduften?"

Ping-Pong machte einen verzweifelten Eindruck. „Ich brauche deine Hilfe, Adi! Nitro und Ratte sind mir in den Rücken gefallen... Wenn ich ohne Schutztruppe ankomme, nehmen mich die Bonzo-Brüder eiskalt aus. Gegen drei solche Burschen komme auch ich nicht an. Ich zahle dir zweihundert Riesen, wenn du mit Tino und Carlo mitkommst und mir Rückendeckung gibst."

Carlo stieß einen Pfiff aus. „Zweihunderttausend? Heiliger Bimbam, das ist eine Menge Schotter! Habe nichts dagegen einzuwenden, für so viel Kies diesen Bonzo-Brüdern einen Schnellkurs zum Thema ‚Wie halte ich mich von Krankenhäusern und Friedhöfen fern' zu geben."

Adi schien unentschlossen. „Ich weiß nicht, ob das nicht verdammt riskant ist, was du da vorhast... Die Wärter sind nach so einem Ausbruch stets hellwach und über Gebühr diensteifrig."

„Auf die Bonzos ist Verlaß, was ihre Arbeit betrifft", versicherte

Ping-Pong. „Aber wenn es um zwei Millionen geht, traue ich denen nicht über den Weg."

„Was macht dich so sicher, daß wir dir nicht die Kohle abnehmen?" fragte Adi.

„Du bist noch einer vom alten Schlag mit 'nem Ehrenkodex, das habe ich gleich gemerkt. Und wir können zusammen einen noch viel größeren Coup landen. Mann, wenn wir wollen, können wir die Bank von England leerräumen! Wir geben ein Bombenteam ab, das unschlagbar ist! Na komm, gib dir 'n Ruck..."

Adi tat so, als würde er noch einmal mit sich zu Rate gehen, und nickte dann schließlich. „Okay, du hast gewonnen, Ping-Pong. Riskieren wir es. Und zweihunderttausend Flöhe sind wirklich nicht zu verachten."

Ping-Pong atmete erleichtert auf. „Du bist 'n echter Kumpel, Adi. Haltet euch bereit. Ich habe schon alles arrangiert. Pieper bringt euch in einer Stunde in den Küchentrakt hinunter. Und dann melden wir uns auf die ganz unaufdringliche Tour ab." Er lachte glucksend.

„Dem wird das Lachen schnell vergehen", sagte Carlo, als sie wieder allein waren. „Ich kann gar nicht glauben, daß er uns wirklich voll ins Messer gelaufen ist."

Tino zeigte sein Pferdegebiß. „Blind wie ein Schneehuhn im Tunnel!"

„Man soll den Tag nicht vor dem Morgen loben!" dämpfte Adi ihre Freude. „Noch haben wir unser Ziel nicht erreicht. Ping-Pong und die drei Bonzo-Brüder sind jederzeit für eine unerfreuliche Überraschung gut, vergeßt das nicht!"

Auf Eis gelegt

Um fünf passierte der falsche Lieferwagen mit Eddy Bonzo am Steuer anstandslos die Kontrolle am Gefängnistor und hielt hinten am Küchentrakt vor der Rampe.

„Beeilen wir uns mit dem Entladen", drängte Ping-Pong, dem es nun nicht schnell genug gehen konnte.

Sie schleppten die Kisten mit Lebensmitteln in den Lagerraum, während Alfons Pieper die Lieferpapiere unterzeichnete. Er machte einen nervösen Eindruck.

„Ihr müßt mich fesseln und knebeln", verlangte der korrupte Wärter, als der Wagen entladen war. „Es muß echt aussehen!"

„Das kannste haben", sagte Ping-Pong und verpaßte ihm ohne Vorwarnung einen wuchtigen Kinnhaken, der den Wärter auf der Stelle ins Land der Träume schickte.

„War das nicht ein wenig unsanft?" fragte Adi, während sie den bewußtlosen Wärter in einen Nebenraum schleppten, um ihn dort zu fesseln und zu knebeln.

„Der Schwinger kam von Herzen", erwiderte der Gangster. „Konnte den Kerl nie ausstehen... Okay, das reicht. Verduften wir."

Eddy Bonzo, ein langhaariger Bursche mit einem kantigen Gesicht, wartete schon ungeduldig auf sie. Der Einstieg in den Hohlraum befand sich unter dem Beifahrersitz. Eddy Bonzo hatten den Sitz nach vorn geklappt und eine quadratische Bodenplatte entfernt.

Tino und Carlo hatten keine Schwierigkeiten, in den Hohlraum zu kriechen. Doch Ping-Pong blieb in der Öffnung stecken.

„Das ist ein gottverdammtes Nadelöhr!" zischte der Gangster. Panik stieg in ihm auf, als er weder vor noch zurück konnte. „Ihr

Schwachköpfe! Wo habt ihr euren Grips gehabt, als ihr diesen idiotischen Einstieg ausgebrütet habt? Hier kann sich ja nur ein halbverhungerter Schlangenmensch durchzwängen!"

„Ein größeres Loch ging aus Sicherheitsgründen nicht", erwiderte Eddy Bonzo mürrisch. „Außerdem haben wir dir die Maße genannt und dir vorsichtshalber zu ein paar Wochen Diät geraten."

„Diät?" schnaufte Ping-Pong aufgebracht. „Dir haben sie wohl beim letzten Ölwechsel das Gehirn ausgeschraubt, Mann! Ich brauch keine verfluchte Diät. Bin so schlank wie noch nie zuvor in meinem Leben..."

„Jetzt ist keine Zeit zum Streiten", griff Adi nun ein. „Du mußt da durch, Ping-Pong! – Carlo... Tino?"

„Ja?" kam es gedämpft aus dem Hohlraum.

„Ihr packt seine Beine und zieht, während wir ihn durch die Luke drücken, okay?"

„Klar doch!"

Ping-Pong fluchte und keuchte hinter zusammengepreßten Zähnen, während Tino und Carlo an seinen Füßen zerrten und Adi und Eddy ihn von oben stauchten. Schließlich rutschte er durch. Adi folgte ihm in den Zwischenboden. Er tastete in der Hosentasche nach dem winzigen Minisender, den Klicker ihm tags zuvor zugesteckt hatte. Der Sender war nicht größer als vier aufeinanderliegende Fünfzigpfennigstücke. Er aktivierte den Sender, indem er einen kleinen, seitlich herausragenden Stift hineindrückte. Kommissar Klicker würde nun mit Hilfe eines Peilgerätes in der Lage sein, ihnen in sicherem Abstand zu folgen. Dieser Sender war ihre einzige Sicherheit, falls es Ärger mit Ping-Pong oder den Bonzo-Brüdern geben sollte.

„Haltet euch da unten still, verstanden?" schärfte Eddy Bonzo ihnen ein, bevor er die Metallplatte wieder über die versteckte Öffnung legte und verschraubte.

„Glaubst du vielleicht, wir wollten in diesem Blechkasten eine Party feiern?" gab Carlo zurück.

Der Wagen fuhr an. Im Versteck war es eng, finster wie im Kohlenkeller und fast unerträglich heiß. Wie Sardinen lagen sie nebeneinander im Hohlraum.

Ping-Pong stand tausend Tode aus, als der Lieferwagen vor dem Tor gestoppt und vom neuen Oberaufseher persönlich untersucht wurde. Der Baron ließ sich Zeit. Er spazierte im Laderaum über die metallene Ladefläche und klopfte mit seinem Spazierstock gegen den Boden. Der Gangster war in Schweiß gebadet, als Heiner von Hohenschlaufe schließlich vom Wagen sprang und ihn passieren ließ.

„Wo fahren wir hin?" fragte Adi.

„Zur Bonzo-Werkstatt", antwortete der Gangster. „Da steigen wir in einen anderen Wagen um. Hoffentlich kommen wir gut durch die Straßensperren..."

„Ich gehe jede Wette ein, daß alles glatt läuft", sagte Carlo. Wußte er doch, daß die von Kommissar Klicker befohlenen Sperren nur der Tarnung dienten. „Wir sind hier so sicher wie in Abrahams Schoß."

Ping-Pong gab nur ein gequältes Stöhnen von sich. Eine halbe Stunde später hatten sie den angeblich von Polizeikräften abgeriegelten Bezirk verlassen. Und der Gangster bekam nun wieder Oberwasser.

Nach weiteren zehn Minuten bog der Lieferwagen scharf links ab, rumpelte über einen holprigen Weg und kam dann zum Stehen. „Endstation!" hörten sie Eddy Bonzos Stimme. Augenblicke später schraubte er die Platte über dem Ausstieg auf, und Neonlicht fiel zu ihnen in den Hohlraum hinunter.

„Mach du den Anfang, Carlo", sagte Adi. „Ich helfe hier von unten, Ping-Pong durch die Tube zu pressen."

Es wurde eine zähe, schwierige Angelegenheit, den fetten Verbrecher wieder ans Tageslicht zu bringen. Ping-Pong zappelte wie am Spieß und stieß wüste Verwünschungen aus.

Eddy Bonzo hatte den Fluchtwagen in eine hohe Werkstatthalle gefahren, die von langen Neonröhren in helles Kunstlicht getaucht wurde.

Mit hochrotem Gesicht wankte Ping-Pong vom Wagen. Adi, Tino und Carlo folgten ihm mit etwas Abstand. Ihr ganzes Interesse galt den beiden anderen Bonzo-Brüdern – Gunnar und Jo.

Gunnar und Jo, beides kräftige Kerle in blauen, ölverschmierten Overalls, lehnten an einer Werkbank. Sie trugen ihre Haare wie ihr Bruder Eddy lang und sahen wohl keinen Sinn darin, Geld für Haarshampoo auszugeben. Fettige Strähnen fielen ihnen bis auf die Schultern. Die Hände lässig vor der Brust verschränkt und selbstzufrieden grinsend, empfingen sie die Ausbrecher.

„Eigentlich sollte ich dir deinen schuppigen Kopf auf den Rücken drehen!" schimpfte Ping-Pong. Er deutete mit dem Daumen über seine Schulter auf den Lieferwagen. „Diese lausige Einstiegsluke..."

Jo stieß sich von der Werkbank ab und fiel ihm ins Wort. „Biste aus dem Knast, oder biste es nicht, Mann?" fragte er, und sein Grinsen hatte etwas Kaltes an sich.

„Ja, schon..."

„Dann spar dir die dummen Sprüche. Wir haben mit diesen Straßensperren 'n verdammtes Risiko auf uns genommen, weil du deine Hampelmänner nicht bei der Stange halten konntest. Das kostet dich fünfundzwanzig Riesen extra!" sagte Jo Bonzo.

„He, so war das nicht ausgemacht!" protestierte Ping-Pong.

„Morgen war als Termin ausgemacht – und zwar ohne all den Bullenrummel auf den Straßen!" erwiderte der Anführer des Trios hart. „Was sind das überhaupt für Kanacken, die du da mit angeschleppt hast?"

„Vorsicht!" warnte Adi und trat vor. „Du vergreifst dich 'ne Oktave im Ton, Struppi!"

„Die Visage von dem Kerl gefällt mir nicht", mischte sich Gunnar Bonzo ein. „Sag ihm, er soll sich mit seinen Vogelscheuchen verpissen."

Adi nahm ihn scharf und durchdringend ins Visier. „Dich hat keiner gefragt, Bubi. Also halt deinen Mund, wenn Erwachsene reden, sonst könnte es passieren, daß du ganz auf die schnelle 'nen Satz Milchzähne verlierst!"

„Bist du lebensmüde, Mann?" stieß Gunnar Bonzo wutentbrannt hervor und kam mit geballten Fäusten auf Adi zu.

Ping-Pong stellte sich ihm in den Weg. „Was soll das dumme Gelaber?" rief er aufgebracht und blickte Jo zornig an. „Das sind meine neuen Partner, verdammt noch mal! Und wer sich mit ihnen anlegt, wird nicht viel Freude daran haben, das kann ich euch schriftlich geben. Adi hat im Bau unter den ganz schweren Jungs kräftig aufgeräumt, wenn euch das was sagt. Ich an eurer Stelle würde es mir dreimal überlegen, ob ich mit ihm 'nen Streit vom Zaun breche."

„Deine neuen Partner interessieren mich 'nen feuchten Dreck", knurrte Jo Bonzo, hielt seinen Bruder jedoch mit einem warnenden Seitenblick zurück. „Du bist uns noch fünfundsiebzig Riesen schuldig. Und wir wollen den Schotter bar auf die Pranke. Also zieht euch andere Klamotten an, damit wir losgurken können."

„Ich bringe euch das Geld", sagte Ping-Pong.

Jo lachte höhnisch. „Den Weg werden wir dir ersparen, Ping-Pong. Wir kommen mit und werden dir nicht von der Pelle weichen, bevor wir nicht unsere Kohle eingesackt haben – ob es dir nun in den Kram paßt oder nicht." Er zog einen schweren Revolver unter dem locker sitzenden Overall hervor und ließ die Trommel rotieren. „Wir verstehen uns, nicht wahr?"

Ping-Pong seufzte und zuckte dann mit den Achseln. „Okay, ganz wie ihr wollt."

Eddy Bonzo zog aus einem großen Pappkarton neue Overalls und Hemden hervor. Er warf sie ihnen zu. „Seht zu, daß ihr aus den Knastklamotten kommt!" forderte er sie barsch auf.

„Hoffentlich greifen Klicker und die anderen rechtzeitig ein", murmelte Carlo leise, als sie sich hinter dem Laster umzogen.

„Könnte sonst reichlich ungemütlich für uns werden."

„Wird schon schiefgehen", erwiderte Adi – gelassener, als er es in Wirklichkeit war.

Sie verließen die Werkstatt in einem geräumigen Transporter. Ping-Pong saß hinter dem Steuer. Die Bonzo-Brüder hatten auf der hintersten Sitzbank Platz genommen. Die Fahrt zum Versteck verlief unter angespanntem Schweigen.

Nach zwanzig Minuten fuhr Ping-Pong von der Autobahn herunter, und sie folgten einer Straße, die durch ein Industriegebiet führte. Schließlich bog der Gangster in eine Sackgasse ein, die vor einer langen, hohen Lagerhalle ganz in der Nähe eines Waldes endete. Es handelte sich um ein Großhandelslager für Lebensmittel und Haushaltswaren, wie dem Firmenschild zu entnehmen war. Der Parkplatz vor dem Verwaltungstrakt und die Laderampen waren ausgestorben. Es war kurz vor sieben an einem Freitagabend.

Ping-Pong brachte das Auto vor einem der Hintereingänge zum Stehen. „Hab hier früher mal 'n Aushilfsjob gehabt, als es mir ganz dreckig ging", sagte er, als er Adis erstaunten Blick bemerkte. „Kenne hier jede Ecke."

„Bringen wir es hinter uns!" drängte Jo Bonzo und warf Ping-Pong einen Bund Dietriche zu.

Das Türschloß zu knacken, war für den fetten Gangster ein Kinderspiel. Augenblicke später befanden sie sich in der riesigen Lagerhalle, die in mehrere Sektionen unterteilt war und ein Labyrinth deckenhoher Regale beherbergte. Kisten mit Konservendosen, Nudelpaketen, Kaffee und tausend anderen Lebensmitteln türmten sich in den Fächern und in den Gängen auf Paletten auf.

Ping-Pong führte sie durch die Gemüseabteilung, wo Klimaanlagen für niedrige Lagertemperaturen sorgten. Dann stiegen sie eine breite Rampe hinunter und gelangten in die Kühlräume, wo frisches Fleisch gelagert wurde. Halbe Rinder und Schweine hingen in langen Reihen von der Decke.

Eddy Bonzo schüttelte sich vor Kälte. „Sag bloß, du hast den

Kies in diesem Eiskeller versteckt?“

„Ein besseres Versteck gibt es nicht“, prahlte Ping-Pong und machte sich an einem Lamellengitter zu schaffen, das die Öffnung eines Luftschachtes in der Wand abdeckte. Er rüttelte daran und bekam es schließlich aus den Halteklemmen. Der viereckige Luftschacht ging zwar nach oben, wies jedoch unterhalb der Öffnung noch eine Vertiefung auf. Und sie war groß genug, um zwei mittelgroße Reisetaschen aufzunehmen.

Der Gangster zerrte die Taschen aus der Vertiefung und grinste triumphierend. Nitro und Ratte hatten es nicht geschafft, ihm

Dicke Geldbündel kamen zum Vorschein – insgesamt fast zweieinhalb Millionen!

zuvorzukommen! Er riß den Reißverschluß von einer der prallgefüllten Taschen auf – und dicke Geldbündel kamen zum Vorschein. Zwanziger, Fünfziger und Hunderter – insgesamt fast zweieinhalb Millionen.

Die Bonzo-Brüder starrten mit weitaufgerissenen, gierigen Augen auf die Packen Banknoten. Und Adi bemerkte, wie sich Jo vor Aufregung über die Lippen leckte, während sein Adamsapfel auf und ab tanzte.

„Fünfundsiebzigtausend ist echter Wucher, aber ich will nicht kleinlich sein“, sagte Ping-Pong und nahm mehrere Geldpacken, jeweils zu fünf- und zehntausend gebündelt, aus der Tasche.

„Das ist reizend von dir“, sagte Jo und zog seine Waffe. „Wir wollen dir aber Gelegenheit geben, dich von deiner großzügigen Seite zu zeigen. Wir sind deshalb so frei und nehmen den ganzen Kies!“

„Nur über meine Leiche!“ schrie Ping-Pong auf.

„Auch das kannste haben, Dicker!“ rief Gunnar und hielt nun gleichfalls einen Revolver in der Hand. Auch Eddy Bonzo griff zur Waffe.

„Adi, tu was!“ verlangte Ping-Pong.

„Ich beabsichtige nicht, wegen einer Bleivergiftung verfrüht unter die Erde zu kommen“, erwiderte Adi und gab sich scheinbar geschlagen. „Also gib ihnen den Kies. Besser arm und frei, als reich und tot.“

Ping-Pong zitterte vor Wut und Haß. „Ich... ich bringe euch um... Damit kommt ihr nicht durch! Keiner legt Ping-Pong ungestraft...“

Jo Bonzo feuerte einen Schuß ab. Die Kugel sirrte über Pudlowskis Kopf hinweg und bohrte sich hinter ihm in die Wand. „Soll ich dir Beine machen?“ zischte er. „Schieb die Taschen zu uns herüber, oder ich verschaff dir Durchzug in der Brust, Dicker!“

Ping-Pong dämmerte es endlich, daß die Bonzo-Brüder es ernst meinten und auch vor Mord nicht zurückschrecken würden.

Aschfahl im Gesicht, schob er ihnen die Taschen zu.

Jo steckte seinen Revolver weg und nahm die Taschen an sich. Vorsichtig zog er sich zurück. „Haltet sie in Schach!" forderte er seine Brüder auf, die ebenfalls langsam zur Tür wichen.

Adi stand ein wenig seitlich. Seine rechte Hand lag auf der Hinterseite eines halben Rindes, das über ihm an einem Haken hing. Als Gunnar auf seiner Höhe war, stieß er die Rinderseite von sich; er legte all seine Kraft in diesen Stoß. Wie ein Pendel schwang sie aus.

„Gunnar!" brüllte Eddy erschrocken, fuhr herum und feuerte.

Doch Adi hatte sich schon geistesgegenwärtig zu Boden geworfen. Das Geschoß heulte über ihn hinweg. Und im selben Augenblick prallte Gunnar, der nicht schnell genug reagiert hatte, mit der Rinderseite zusammen. Er schrie auf, stürzte zu Boden und verlor seinen Revolver.

Die Waffe schlitterte über den gefliesten Boden. Carlo warf sich wie vom Katapult geschossen darauf, bekam sie zu fassen und gab sofort zwei Warnschüsse ab, die neben Eddy in eine andere Rinderseite klatschten.

„Nichts wie raus hier!" gellte Jo und rannte los.

Gunnar sprang auf und hastete hinter ihm her, gefolgt von Eddy, der seinen Revolver im Laufen leer feuerte, ohne jedoch irgendwelchen Schaden anzurichten.

„Haltet sie auf!" zeterte Ping-Pong. „Sie dürfen nicht entkommen, Adi! Ich verdopple euren Anteil!"

Es hätte seiner hysterischen Aufforderung gar nicht bedurft. Adi, Carlo und Tino nahmen auf der Stelle die Verfolgung auf. Sie stürmten aus dem Kühlraum. Ping-Pong wollte ihnen folgen, doch Adi knallte ihm die Tür vor der Nase zu und verriegelte sie. Für den Gangster gab es kein Entkommen aus dem Kühlraum.

„Kann nicht schaden, ihn vorübergehend auf Eis zu legen", sagte Adi spöttisch. „Wir werden mit den Bonzo-Burschen jetzt ohnehin alle Hände voll zu tun haben."

Sie rannten die Rampe hoch.

„Nimm du den Ballermann“, sagte Carlo und reichte Adi den Revolver. „Du bist der bessere Schütze.“

Jo, Eddy und Gunnar waren keine zwanzig Meter vor ihnen. Sie stürmten durch die Gemüseabteilung, als vom anderen Ende der Halle plötzlich eine Megaphonstimme zu ihnen herüberdrang. „Hier spricht die Polizei! Das Lagerhaus ist umstellt... Lassen Sie die Waffen fallen und ergeben Sie sich!“

Die Bonzo-Brüder blieben abrupt stehen, als wären sie gegen eine unsichtbare Wand geprallt. Jo gab seinem Bruder Eddy eine Geldtasche und stieß einen knappen Befehl aus. Im nächsten Moment stoben sie in drei verschiedene Richtungen auseinander, flüchteten in den trügerischen Schutz des Regallabyrinthes.

„Tino, du nimmst die rechte Seite!“ rief Adi hastig. „Carlo, du sicherst die linke! Ich nehm den Hauptgang. Wenn wir sie auf Klicker und seine Leute zutreiben, haben wir sie in der Falle.“

Tino schluckte schwer. „Wenn es sein muß“, murmelte er und lief nach rechts. Mit klopfendem Herzen schlich er den Gang entlang. Wie und womit sollte er bloß einen dieser abgebrühten Verbrecher aufhalten? Er kam an einer Palette mit Lattenkisten vorbei. Eine der Kiste war geöffnet worden, zwei Latten hingen locker an der Seite. Tino riß eine davon los und schwang sie prüfend durch die Luft. Nicht gerade eine Wunderwaffe, aber besser als gar nichts.

Am Ende des Ganges legte er sich flach auf den Boden und spähte unter den Regalen hindurch. Sein Atem beschleunigte sich, als er ein Paar Schuhe erblickte. Jemand kam vorsichtig um die Ecke geschlichen!

„Heiliger Lukas, hilf mir!“ murmelte Tino Tran erschrocken und kauerte sich hin, die Latte mit beiden Händen umfaßt. Das Herz pochte ihm im Hals.

Im nächsten Augenblick trat Eddy Bonzo um die Ecke.

Tino Tran stieß einen markerschütternden Schrei aus, um sich selbst Mut zu machen. Wie ein erfahrener Kreuzritter schwang er die Latte und knallte sie dem Gangster vor die Schienbeine.

Eddy Bonzo stimmte sofort in sein wildes Geschrei ein, ließ den Revolver fallen und ging in die Knie. Tino schlug erneut zu und klatschte ihm das Brett auf den Rücken. Der Hieb warf Eddy flach zu Boden, während die Latte gleichzeitig splitterte. Er warf sich herum, doch da setzte Tino ihm schon das spitze Ende des Lattenrestes an die Kehle.

„Eine dumme Bewegung, und du bist ein Mann des Todes!“ warnte Tino ihn.

Wie erstarrt blieb Eddy Bonzo liegen, die Arme weit von sich gestreckt. „Nicht!“ keuchte er entsetzt, als er spürte, wie sich die Haut unter der Holzspitze unangenehm spannte. „Ich... geb auf!“

Wie ein siegreicher Gladiator stand Tino über ihm, das Holzschwert an der Kehle seines Gegners und den rechten Fuß auf dessen Brust. „Wenn du dich still verhältst, werde ich Gnade vor Recht ergehen lassen und dein Leben verschonen!“ verkündete er pathetisch.

Während Tino seinen glorreichen Sieg genoß, hockte Fassaden-Carlo auf der anderen Seite hoch oben in einem Regal, von Kisten mit Kokosnüssen geschützt. Zwischen seinen Beinen lagen ein gutes Dutzend dieser kindskopfgroßen Südfrüchte.

Geduldig wartete er darauf, daß sich einer der Gangster zeigte. Er hatte einen Platz gewählt, von dem aus er einen guten Überblick über die beiden sich kreuzenden Gänge hatte.

Plötzlich tauchte Gunnar Bonzo auf.

„Jetzt bist du reif, du faules Früchtchen“, murmelte Carlo und kam hinter seiner Deckung hervor.

Der Verbrecher hörte schräg über sich ein Geräusch und blickte erschrocken hoch – und im selben Moment erwischte ihn schon die erste Kokosnuß. Wie eine Kanonenkugel traf ihn die Nuß in den Bauch. Er gab einen gutturalen Laut von sich, als ihm das Geschoß die Luft aus den Lungen drückte. Er taumelte zurück und riß die

Arme schützend vors Gesicht, denn Carlo ließ nun ein regelrechtes Bombardement auf ihn los. Die Geschosse trafen Arme und Beine und schleuderten ihn auf der gegenüberliegenden Seite des Ganges gegen einen der Stützpfeiler. Er sackte wimmernd in sich zusammen und rollte sich am Boden ein.

„Aufhören... Aufhören!" winselte er.

„Was ist?" höhnte Fassaden-Carlo, sprang geschmeidig, zwei dicke Nüsse unter den Armen, vom Regal und stellte sich vor ihm auf. „Schon genug auf die Nuß bekommen? Okay, ich gönne dir 'ne Runde Schlaf!" Sprach's und verpaßte ihm eine wohldosierte Kopfnuß, die ihm vorübergehend das Bewußtsein raubte. Eine der Nüsse, die Carlo hoch oben vom Regal geworfen hatte, war auf dem Boden in zwei Hälften gebrochen. Er hob eine auf, ließ die restliche Milch in seinen Mund rinnen und nagte am Fleisch. „Gar nicht mal so übel", murmelte er mit einem breiten Lächeln auf dem Gesicht. „Versteh gar nicht, wie man was gegen Kokosnüsse haben kann..."

Adi der Trickser hatte weniger Glück als seine beiden Freunde. Er lief Jo Bonzo direkt in die Arme und kam nicht mehr dazu, die Hand mit dem Revolver herumzureißen. Jo setzte ihm seine Waffe auf die Brust.

„Laß den Knaller fallen, aber 'n bißchen plötzlich", zischte der Gangster.

Adi hatte keine andere Wahl. Seine Hand löste sich vom Revolver und ließ ihn zu Boden poltern. „Du kommst hier nicht raus, Jo. Die Polizei hat die Halle umstellt!"

„Ihr steckt mit den Bullen unter einer Decke, was?" stieß Jo Bonzo haßerfüllt hervor. „Aber das macht nichts! Ich nehm dich als Geisel..."

Adi sah eine Bewegung hinter dem Rücken von Jo Bonzo. Es war Heiner von Hohenschlaufe, der hinter dem Gangster auftauchte. „Gib auf, Jo! Du hast die Runde schon verloren", sagte Adi und hoffte, daß der Baron auch wußte, was er zu tun hatte.

„Zu witzig!“ fauchte Jo. „Ich werde…“

Der Baron unterbrach ihn, indem er ihm mit der Spitze seines Spazierstockes leicht auf die Schulter tippte und im Plauderton fragte: „Ist es erlaubt, ein Wörtchen mitzureden, Gentlemen?“

Jo Bonzo zuckte zu Tode erschrocken zusammen und wirbelte herum, den Revolver in der Hand.

Der Baron hatte damit gerechnet – und führte den eleganten Spazierstock wie ein Florett, als die Schußhand des Verbrechers herumschwenkte. Bonzos Arm schien sich selbständig zu machen und nach oben zu fliegen, als sich der Schuß löste. Die Kugel bohrte sich hoch oben in die Decke. Bonzo erhielt kein Gelegenheit zu einem zweiten Schuß.

Der Spazierstock sirrte wie eine Peitsche durch die Luft und landete mit einem scharfen Klatschen auf dem Handgelenk. Jo Bonzo brüllte vor Schmerz auf, und seine Hand öffnete sich automatisch. Bevor er noch wußte, wie ihm geschah, fuhr die Spitze des Spazierstockes zwischen Abzug und Schutzbügel. Er fischte ihm den Revolver regelrecht aus den Fingern.

„Welch ein beklagenswerter Mangel an gutem Benehmen“, sagte der Baron tadelnd und richtete die Waffe auf Jo Bonzo. „Mit so einem Schießeisen spielt man nicht herum, mein Sohn. Ich fürchte, du wirst demnächst viel Zeit haben, darüber nachzudenken.“

Adi bückte sich nach seinem Revolver, fuhr sich mit dem Handrücken über die Stirn und sagte erleichtert: „Du kamst wirklich wie bestellt!“

„Ich dachte mir schon, daß hier ein fähiger Mann gebraucht würde“, sagte der Baron mit der ihm eigenen Bescheidenheit.

Augenblicke später tauchten Kommissar Klicker, Bodo, Blacky und ein Dutzend bewaffneter Polizisten bei ihnen auf. Doch für sie gab es keine Arbeit mehr. Die Gangster waren der Adi-Clique in die Falle gegangen – und das Millionen-Lösegeld war sichergestellt. Der Fall Ping-Pong war erfolgreich abgeschlossen und konnte zu den Akten gelegt werden.

Ein Mann von wahrem Adel

Die private Siegesfeier am nächsten Tag fand im kleinen Salon vom *Park-Hotel* statt. Blacky begann mit den Vorbereitungen schon am frühen Morgen. Fröhlich sang er vor sich hin, denn er genoß es, wieder in seinem Reich zu sein und nach Herzenslust walten und schalten zu können – und er übertraf sich mal wieder selbst. Seine Gerichte waren lukullische Kostbarkeiten.

Kommissar Klicker ließ sich natürlich nicht lumpen. Er schleppte einen ganzen Karton Champagner an. „Nur das Beste vom Besten – wie ihr es verdient habt!"

Es wurde ein ausgedehntes, ausgelassenes Festessen. Sie hatten allen Grund, wunschlos glücklich zu sein! Niemand war ernstlich verletzt worden. Ping-Pong verfügte über keine Millionen mehr, mit denen er sich Fluchthelfer kaufen konnte. Der Wärter Alfons Pieper hatte alles gestanden und würde nun selbst hinter Gittern landen. Das gleiche galt für die Bonzo-Brüder, die für lange Zeit Urlaub auf Staatskosten machen würden, denn sie würden sich auch noch wegen Kidnapping vor Gericht verantworten müssen. Die Polizei hatte nämlich im Anbau der Werkstatt den entführten Stadtstreicher Flaschen-Freddy gefunden. Zum Glück hatte er die Gefangenschaft gut überstanden.

Es herrschte eine heitere Stimmung im kleinen Hotelsalon. Das Prickelwasser, wie Bodo den Champagner nannte, floß reichlich. Und nach dem Dessert reichte der Kommissar eine Kiste mit teuren kubanischen Zigarren herum.

Der Baron, in einem weißen Sommeranzug, sog genüßlich an seiner Zigarre, als Carlo sagte: „Bodo, Blacky und Adi waren im Knast wirklich absolute Spitze. Aber ich finde, unser Baron hat doch die beste Leistung hingelegt."

Tino nickte zustimmend. „Keiner hätte den Oberaufseher besser spielen können."

„Aber meine Freunde", wehrte der Baron scheinbar bescheiden ab. „Was kann der Mensch dafür, daß er mit außergewöhnlichen Gaben gesegnet ist? Ich habe nichts weiter als meine Pflicht getan..., natürlich so perfekt, wie es nun mal meine Art ist."

„Nein, du hast mehr als nur deine Pflicht getan", widersprach Carlo. „Du hast dich geradezu unvergeßlich benommen, mein lieber Baron. Und deshalb haben Tino und ich beschlossen, dir auf unsere Art zu danken. Wir haben ein Geschenk für dich."

„Das ist aber wirklich nicht nötig", sagte der Baron geschmeichelt und fragte im selben Atemzug: „Was ist es denn?"

„Unser Geschenk ist ein wenig sperrig", erklärte Tino. „Am besten kommt ihr alle mit."

Die Freunde begaben sich hinaus in den Hinterhof. Doch bevor der Baron durch die Hintertür trat, mußte er die Augen schließen.

„Ihr macht es aber spannend", sagte Heiner von Hohenschlaufe, als die anderen Laute „Ohs" und „Ahs" von sich gaben. Er ahnte nicht, daß mitten im Hof ein großer Waschzuber stand, der bis zum Rand mit einer stinkenden Desinfektionslösung gefüllt war.

„Dank, wem Dank gebührt", sagte Carlo. „Blacky, Adi..., macht euch nützlich und packt mit an!"

„He, was soll das?" rief der Baron erschrocken, als seine Freunde ihn plötzlich an Armen und Beinen packten. Er nahm die Hände vom Gesicht und sah den Zuber. „Was soll das?"

„Das ist dein Entlausungsbad!" rief Carlo grimmig, während sie ihn hin und her schwangen. „Eins... zwei... und drei!!!"

Der Baron flog unsanft in den Zuber. Die Brühe schwappte ihm ins Gesicht, als er bis zum Hals im Desinfektionsbad landete, während seine Beine über den Trog hinausragten und die sorgfältig polierten Lackschuhe gen Himmel zeigten. Er spuckte seine Zigarre in die stinkende Flüssigkeit und wollte hoch. Doch Carlo drückte ihn mit sanfter Gewalt zurück.

„Nicht so hastig, Baron", sagte er. „Du willst doch nicht Läuse und Flöhe ins *Park-Hotel* einschleppen, nicht wahr?"

Adi und seine Freunde brachen in schallendes Gelächter aus, als sie sahen, wie Heiner von Hohenschlaufe um Fassung rang. Schließlich flüchtete er sich in aristokratischen Gleichmut. „Ein Mann von wahrem Adel steht über den Geschmacklosigkeiten und Gehässigkeiten des gemeinen Pöbels", erklärte er würdevoll und bestand darauf, daß man ihm ein gefülltes Glas Champagner brachte. Ein wahrer Baron beweist seinen Adel nämlich in allen Lebenslagen, auch in lausigen...

München – Wien – Hollywood/Florida USA
Deckelbild und Illustration Erich Hölle
Redaktion Sibylle Tietz
ISBN 3 505 08729 7
Bestellnummer 8729

Ein weiterer Band ist in Vorbereitung.